青春的内心戏

The inner play of youth

《读者》（校园版）青春精选集

心灵卷

《读者》（校园版）编辑部 编

读者出版传媒股份有限公司
甘肃教育出版社

图书在版编目（CIP）数据

青春的内心戏 / 《读者》（校园版）编辑部编. --
兰州：甘肃教育出版社，2021.1
（《读者》（校园版）青春精选集）
ISBN 978-7-5423-4972-9

Ⅰ. ①青… Ⅱ. ①读… Ⅲ. ①散文集—中国—当代
Ⅳ. ①I267

中国版本图书馆CIP数据核字（2020）第235206号

青春的内心戏
QINGCHUN DE NEIXINXI
《读者》（校园版）编辑部 编

责任编辑 祁 莲 谢 璟
装帧设计 于沁玉

出 版 甘肃教育出版社
社 址 兰州市读者大道568号 730030
网 址 www.gseph.cn E-mail gseph@duzhe.cn
电 话 0931-8436105（编辑部） 0931-8773056（发行部）
传 真 0931-8773056
淘宝官方旗舰店 http://shop111038270.taobao.com

发 行 甘肃教育出版社 印 刷 甘肃春宇印务有限公司
开 本 720毫米×1010毫米 1/16 印 张 15.5 字 数 200千
版 次 2021年1月第1版
印 次 2021年1月第1次印刷
印 数 1-3 000
书 号 ISBN 978-7-5423-4972-9 定 价 38.00元

目录／ CONTENTS

如果你注定与众不同

目录／ CONTENTS

我是个怕输的人

青春的内心戏

感谢那些练习的时间，
让我懂得了爱，
懂得了什么才是最好的、最适合自己的生活。
我年轻过，热泪盈眶过，冒失跌倒过，被人嘲讽过，
也曾一个人走过风雨、陷入无尽的绝望，
但我走过来了。
在当初的那一刻，我曾怨恨上天不公，
可走到现在，
我想，
不妨把所有过去的时间，以及当下，
当作一段未来的“练习期”吧！

——韦 娜

《命运对我们的爱，藏在练习期》

如果你注定与众不同

我有一点儿古怪，所以有时过得不太顺利。但我并不担心。因为我知道，就像我周围的一切都有它合适的位置一样，那么，在这个世界上，也一定有我合适的地方。

——麦芽杨《强迫症是什么『鬼』》

将另一半真实的自我深埋地下，从此戴着自认为很有优越感的面具生活，与自己真正成长和进步的机会失之交臂——这是一桩多么得不偿失的交易。

——陶瓷兔子《谁动了你的自尊》

去喜欢自己的“不够可爱”

文 | 杨熹文

我有很多不想让别人知道的缺陷。

比如，我笑起来很难看。酒窝长在颧骨上，牙齿长得很崎岖。曾看过一张别人相册中我大笑的照片，我表情可怖、面部扭曲。导致我在很长的一段时间没了笑，或者刚刚有了笑意，就下意识地掩住嘴。

比如，我的腿型很难看。在最好的年纪我从没穿过裙子，总是用肥大的裤子遮身。我揣测每个人的目光，觉得那里面有评判的意味。我低着头，自卑而乏味地走过青春，如果有谁说起哪个人的身材曼妙，我的目光遥望，心里的羡慕，转眼就变成深深的苦恼。

比如，我没来由地恐高。站在任何高于一米的地方腿就会发软。乘电梯永远不敢站在最外面，唯一勇敢的时刻，就是鼓起勇气上了“海盗船”，却在开始前大喊着“我要下去”。我就是这么一个胆小鬼，永远与刺激的消遣绝缘。

比如，我很抗拒人群。把我放在人群中，我就会下意识地局促，额头会渗出汗珠，脸会红成一片。我不喜欢置身于热闹中，总是在寻找一点孤独。我看起来是那么的格格不入，可就是无法摆脱“一个人喝酒读书”的舒适区。

比如，还有很多比如。还有很多不想让人知道的缺陷，曾被我小心遮掩在皮囊之下。一个太过缺乏安全感的我，总是仔细辨认着别人眼中的自己——这个我，她有没有说错话？她做的事对不对？她有没有暴露缺陷？她够不够讨喜，够不够完美？

那些年我的生活重心是“做一个被别人喜欢的人”，哪里有什么做自己。明明有很多想法，却表现得怯懦，明明还有一些优点，却紧紧盯着缺点不放。被家庭管教太多的孩子是否都有同样的感受？我总觉得哪里有双眼睛，对我的一个细微动作，都要评判分数。而我，作为选手，只想成为完美本身。

读张艾嘉的《轻描淡写》，这是她的散文随笔集，其中《此时此刻》是我最喜欢的一篇。张艾嘉一生都在拍爱的故事，一个知性女人的文字，这一次从男女情爱过渡到最珍贵的爱——爱自己。让人读了心里感慨，原来不只是我们，任何人的成长都是个漫长的过程。成长，是不再较劲，是和自我和解。张艾嘉坦白地说起过去的故事。在与人合作拍电影的时候，她需要扮演一个古装角色，当搭档的台词中出现“你那樱桃小嘴”时，全场因这不相匹配的形容而笑翻了，也笑伤了她的自尊心。

她用了很久才从阴影里走出来，最后得出一个深刻的结论：“千万不要期望全世界的人都喜欢你，千万不要相信自己可以成为一个完美的人。当我接受了自己的缺点时，反而能够更轻松、更坦然地去做我有能力做好的事。”我没想到，这个我向往成为的女人，竟然也独自走过坎坷的心路。

那些年我没办法面对他人的目光，当别人指出我的缺陷，我会哭，会难过，会睡不着。我狠狠地羡慕别人——那些比我好太多的人——笑起来有一对酒窝的女孩，模特身材的姑娘，勇敢蹦极的年轻人，八面玲珑的社交达人……

我因此陷入了迷茫，甚至有一点抑郁，因为没办法和自己和解，我讨厌这个不够完美的人，我不够爱她，更疏于去了解她。我没有意识到，我的酒窝长歪，眼神却是正直的；我的腿型难看，身体却是健康的；我恐惧高度，可是我对其他事情还抱有兴趣；我很害怕热闹，但我也赋予孤独足够的意义。我有很多缺陷，可这些缺陷无害，也是我独一无二的标签。

和20岁的自己相比，现在的我更可爱一些。那些爱上隐藏了缺点的我的人，早已经离开。我用几年的时间和自己和解，过程异常辛苦，却终于发现，最珍贵、最长久的情感，或者最快乐、最自由的生活，它们的根基，是一个懂得爱自己、包容自己、不会刁难自己的人。

常有年轻读者说“自己不够可爱”，见了面才知道他们是那么可爱。你可能有缺点，但你是那样特别，有性格，不乏味，让我在会面的数月后还能够记起，那是一个拥有生命力的人。

从20岁到28岁，坦率地说，我更爱现在的自己。我可以毫无忌惮地笑，可以在夏天穿露腿的裙子，可以坦荡地告诉别人“我不敢站在电梯的外侧”，也可以心安理得地表达“与热闹相比，我还是喜欢孤独多一点”。我变得有点“无所谓”，你喜不喜欢我都没关系，重要的是我爱自己，我爱这个有点笨、有点天真、有点不完美的姑娘。

“任何的褒贬都不做停留”，回味张艾嘉这句话时，我正在西安宾馆的电梯中，巨幅的整容广告贴了满墙。我饶有兴致地一个个看过去，那些姑娘真好看，是整整齐齐的好看，她们有我爱的酒窝和身材，也许不怕高，还喜欢热热闹闹的生活。我却更加坚定，这个不完美的自己，之所以这么珍贵，是因为任何人都无法替代。

你以为的不完美，正是完美

文 | 丛非从

我经常在课上讲述我的抑郁史。别人会诧异：啊，你也会自卑、会抑郁啊！有人问我:“你是一个心理咨询师,也会发火吗？”我说：“一般不会发火，但是我发起火来很不一般。”

好像我是个心理咨询师就应该像一尊神。心理学的目的不是让人成为神，而是让想成为神的人愿意成为人。学了心理学，我的人格没有太大的改变，想愤怒时还是会愤怒，该抑郁时还是会抑郁，不同的是，态度变了。

我可以大大方方地骂人、抑郁，我不再排斥它们，不再跟自己对抗了。我还挺喜欢这样的自己，可以大胆表现。现在我的生活更轻松、快乐，更单纯了。

你以为的不完美，正是你完美的体现。我们身上所有存在的特质，都恰好构成了自己的独一无二。

比如说愤怒。适度的愤怒是与人连接的有效途径。我又跟一个朋友吵架了。她说：“你以前说‘对不起’时，我觉得很疏远。现在你骂我时，我反而觉得很开心。”我跟她讨论：说“对不起”是一种客气，潜意识里是想跟你划清界限；而发火是我对你有期待，是我想走近你。

比如说抑郁。我喜欢自己的抑郁。抑郁让人对感受更加敏感，更能倾听自己，更能安抚自己。如果我不抑郁了，我就很容易离开自己，去忙碌外在的事情。抑郁却会说："来吧，看看你自己。"

比如说内向。我喜欢自己的内向。外向的人多在忙着交际和销售，内向的人都忙着思考和写作。我如果是个交际达人，能安静地坐下来写作吗？如果内向却不喜欢写作，你还可以搞科研、玩艺术……何愁无用武之地？

比如说自理能力差。我以前特别羡慕一个同学，他整天把生活收拾得井井有条，但直到他说"我现在有点密集恐惧"，我就释然了。他的密集恐惧是压力过大导致的。一个非要把生活过得精致干净的人，得费多大的心力啊。

比如说哭。感到压抑，男生也会哭啊！没有能力哭的男人不可怕吗？一个压抑着委屈、脆弱的男人，要么会自闭抽离，要么会反向形成控制欲和强势。当然这里要有个度。健康的人格是灵活的，让你能够通过判断现实情境来适度地发挥自己，而不是不顾情境地无限纵容或者发泄。比如说我不建议你在别人奄奄一息时还要愤怒，在自己就要绝望放弃时还要抑郁，在结婚喜宴上悲伤哭泣……我们所有的存在，都是一种资源，也都是一种伤害。你愿意关注哪一面，你就会使用哪一面。

愤怒虽有伤害，但有连接；自责虽有痛苦，但有动力；内向虽有创造力，但失去了一定的交际能力；好脾气看起来很好，却让人无法走近；邋遢虽节省了体力，但看起来让人难受。你看，所有你身上存在的特质，都有积极的一面，它们都是你最宝贵的资源。为你的不完美庆祝吧！

波兰拇指

文 | 艾米·吉塞克
译 | 夏殷棕

在成长的过程中，我总是有意将自己的两根大拇指握在手心里，生怕别人看到，因为我的大拇指长得很奇怪。不得不承认，我的两根大拇指更像脚指头，只是比脚指头长了一点儿。记不清在什么时候，小伙伴们给我起了一个外号，叫“脚指头”。

上高中时，我利用课余时间到一家百货商店打零工做收银员。有一天，我接待了一位长相甜美的小个子老太太，给她找零时，她突然抓住我的手，用浓重的波兰口音说：“你一定是波兰人！看看你这么漂亮的波兰拇指！跟我的一模一样！”

说着她举起双手，四指握拳，露出两根大拇指。她的大拇指因岁月的侵蚀已经苍老，布满皱纹，不过形状确实和我的一模一样。她又抓住我的手，拉到她眼前，说：“我们要为有这样的拇指而自豪，我们的父辈就是带着这样的继承物来到美国的。”

我一辈子都忘不了这位老太太，忘不了她所说的话，忘不了她自豪的表情。正是因为她，从前让我尴尬、让我感觉羞耻的大拇指，现在却成了我的骄傲。

今晚，我与儿子塞缪尔一起吃晚饭，儿子看着我放在桌子上的双手，把自己的手凑过来，放在我的手上，然后舞动着他的两根大拇指，说："妈咪，我们的大拇指一模一样！"我笑着回答："是的，宝贝，一模一样！你所拥有的是一对强壮的波兰拇指，你要为你的波兰拇指而自豪！说不定哪一天，你会发现哪位同学的拇指跟我们的也一模一样。"

我又一次想起了那位长相甜美的小个子老太太，要不是她的那番话，我至今还会将自己的拇指藏在手心里。

敏感的脚

文 | 李思然

库切的自传体小说《男孩》，忆述了作家 10 岁到 13 岁之间在南非生活的经历。书中有这样一个细节：与同龄的男孩子们不同，上三年级时，库切十分惧怕上体育课。他并不是不喜欢运动，而是因为有规定要求在体育馆上课时，一定要脱去鞋袜，光着脚练习鞍马和投球。他不愿意当众光脚！当自己又白又嫩的脚暴露在其他同学面前时，他就深切地感到一阵羞耻。于是，他只能痛苦地蜷缩着身体，硬生生地挨到下课铃声响起。

库切笔下这份孩子气的、微妙的内向与敏感就像一面镜子，竟映照出了一个幼年的S来,库切和那时的S,都有一双敏感的脚。

还记得那是 S 上小学三年级时的一个下午，她和一群脸上汗津津的孩子一起，手里捧着用皱纹纸扎成的花球，在操场上为即将举行的运动会练习齐步走和正步走。老师刚刚用扩音喇叭宣布完紧急集合后，身边的一个男孩突然凑到 S 的耳边，指着 S 穿着绿色塑料露趾凉鞋的脚说："二拇脚趾长，二级残废脚。"他离得那么近，说得那么急，嘴里潮湿的热气直往 S 的耳道里冲。S 一下子怔住了，不知所措。男孩这个押头韵的句子铿锵地敲到了 S 的心里，她仿佛第一次感到了别人的注视，第一次知觉了自己身体的存在，第一次感到自己有某种“缺陷”。之后的队列练习，S根本不敢向那个男同学的方向看，也不敢低头看自己的脚，只是一直用力地蜷曲着10根小小的、接近透明的脚趾头，涨着滚烫的红脸，痛苦地一分一秒挨到训练结束。这么多年过去了，这一帧记忆的碎片依然清晰。

S刚上初中时，哈尔滨有一阵子特别流行学跆拳道，S跃跃欲试，父母也很支持，还为她买了雪白的道服，希望瘦小羸弱的S能够借此机会锻炼身体。报班前，S向已经开始学习的朋友咨询详情，才得知在道馆竟是要脱去鞋袜光脚练习的。S还记得自己曾经追问那位朋友可不可以穿着袜子练。朋友的回答让S大失所望：“不行不行，那样会打滑摔跤的。”就这样，学跆拳道这件事就被悄然搁置。S的父母不能理解S的热情怎么一下子就消失了，他们没有说什么，只是纳闷地看着S把雪白的道服叠得整整齐齐，放进了衣柜。

写到这儿，这个故事仿佛会随着S的成长，演变成一个可以运用弗洛伊德的创伤理论进行分析的典型案例。但事实并非如此，库切式的羞耻感只属于那段内向、敏感而短暂的童年，S的创伤，她对脚的纠结也随着年龄的增长而成为微不足道的小事。现在已经27岁的S早已习惯坦然地穿露趾的高跟凉鞋了。这样的鞋子大多看起来很美实则非常磨脚，S原来接近透明的10个脚趾也早已被磨出了硬硬的茧子。

敏感的脚只属于敏感的童年，坚硬的脚再无法走回那个短暂的年华。

如果你注定与众不同

文 | 沈奇岚

当她生下来的时候，她的母亲第一眼看到她就昏了过去，她的父亲嫌弃她，所有的人都觉得她就是个怪物。

上学之后，没有人愿意和她坐在一起，没有人觉得她是个正常人。她从来没有朋友，也从未拥有过像样的感情。

因为她天生是绿色皮肤，绿色的皮肤注定了她的与众不同。阿尔法芭是她的名字，这是世界著名音乐剧《女巫》的开篇。

在伦敦的阿波罗剧场里，我的心随着这个天生绿色皮肤的女孩跌宕起伏。剧场里有许多十岁左右的小女孩，她们专心地看着戏，有些甚至在剧情悲戚时轻声抽泣。

阿尔法芭，每个人都曾经是阿尔法芭。

每个人都曾和世界有过摩擦。有时是因为世界不符合自己的想象，有时是因为自己太过天真没有看清脚下的坑坑洼洼，更多的时候是因为自己的那一点点与众不同。那点与众不同让我们身处不安之中。

《女巫》中的阿尔法芭，性格倔强耿直，善良聪明，可人们只看到了她的绿皮肤，便蔑视诋毁她，不愿与她做朋友。

在偏见和蔑视中成长，她不让这些恶毒的眼光磨损自己的善良。直到有一天她发现了自己的特殊能力——她能够操纵魔法!虽然灾难并没有结束,她还要继续与整个世界对她的敌意抗争。

汤姆也是这样一个与众不同的孩子,他异常聪颖,深得老师的喜爱。但是他总觉得自己和他所在的世界格格不入,直到最后他决定创造自己的世界。没错,这里说的正是《哈利·波特》中的伏地魔。在看到他的童年故事时,我对这个后来的黑暗魔王总忍不住有些同情。倘若他曾经感受过一些温暖和爱,倘若他当初经历过友情和信任,那他后来的人生道路是否会不一样?

在生活中,我们以为自己一直安全地处在“多数人”的这一边,其实我们随时可能成为少数派,我们随时可能成为“外地生”。当所有人说苗条好要减肥的时候,如果你觉得胖一些没有关系,那你就是少数派;当所有人说上名校好考研好时,如果你觉得创业才是重要的,那你就是少数派……

成为多数人中的一员当然是安全的,但如果你天生是绿色,那就注定了与众不同。

始终记得我在德国的校园里,我知道我的肤色、我的语言和我的国籍与众不同,这的确造成了一开始各种各样的困难,但时光也回赠了我温暖的友情和独一无二的经历。

如果哪一天你面对着镜子,突然发现了自己的绿皮肤,别紧张,无论我们如何掩饰,最后都不得不面对心里那个小小的自我。

她可能成为阿尔法芭,也可能成为伏地魔。请好好待她。

与眼镜的搏斗史

文 | 火 锅

现在近视如此普遍，大家也不太当一回事儿，不过近视对于我来说，曾经是一个大麻烦。

很小的时候我就看不清黑板了。小学三年级我被抽调出来考试，坐在教室后排，题目就写在黑板上，我鼓起勇气要求坐到第一排。等到我妈发现问题并带我去检查的时候，近视已经到了500度，视力只有0.1。当时县城里的孩子还不知道近视为何物，我就戴上了瓶底一样的眼镜，眼镜框的样式也没得挑，是黑色的四方形。我的眼睛本来挺好看，又大又黑，人人都夸，但现在被挡在厚厚的镜片后面，看不到了。

对于近视这件事，我自己是懵懂的，不能接受的是我妈，她的反应比我激烈多了。她开始反思原因，首先是我爱看电视。她像祥林嫂那样一遍遍地给别人描述我看《霍元甲》时如何入迷：坐在小板凳上，一会儿往前挪一点，一会儿再往前挪一点。从此以后她再不肯让我看电视了。然后是小人书。我有一个视若珍宝的绿漆木头箱子，里面全是我妈买给我的小人书，有成套的四大名著，有《隋唐演义》《聊斋志异》，还有一些流行的励志故事。我妈认为我的近视和整天趴着看小人书有关，特别后悔，愤愤地说过好几次要把它们烧了。从那以后，我就看不到我的绿箱子了。

我妈一度因为我近视这件事变得很神经质。因为周围没有小朋友近视，一个都没有，连我们认识的大人都没有这么可怕的度数。我妈觉得我会失明，电影里的盲女都有一双特别好看的眼睛。有一天早晨起床，她高兴地说："我昨晚梦见了一种草药，能够治你的近视，那个药材长得又白又长。"然后，她就真的去药店找这种梦中的草药了。还真有这种药，问清楚反正没什么坏处，她就提了一大袋子回来，虔诚地给我熬药喝。因为医生说近视要多看绿色，她给我买了一盆绿色的盆景放在书桌上。医生说红色对眼睛不好，所以我不能穿红衣服、不能包带红颜色的书皮。她还学习了一套据说能够治疗近视的按摩操，每天给我做两遍。因为大部分穴位都在头上，为了方便，她一剪子剪掉了我的长发。她的手劲儿特别大，我被揉搓得直掉眼泪，她就一边做一边训我。她把做操看得非常神圣，一天都不肯耽误，连出差都要带着我。

五年级时，我的近视到了700度，我妈决定让我休学一年。那一年是很特别的记忆。一个集体中的小孩忽然被摘了出来，被迫独自面对时间。很多抽象的概念是在那个时候第一次感受到的，比如"孤独""恐惧"等。

坐在妈妈或者爸爸的自行车后座上去医院查视力，是最令我恐惧的事。视力表是世界上最可怕的东西，那些东倒西歪的"E"是我的噩梦，看不清就是对不起妈妈。自行车快速地行驶着，天上的云都压到我的肩膀上来了，塞满了肺，让人窒息。

我妈还带我到北京看医生，去了协和医院，排了很久的队，我又累又怕，下午要下班的时候才轮到我。我坐在视力表前的凳子上崩溃地哭了起来，因为连最大的那个字母也看不到了，近视度数升到了900。我去挑眼镜框，高兴地发现北京医院里的眼镜框竟然是五颜六色的。我有了一副红色镜框的眼镜。从北京回来，我觉得妈妈从心里放弃了拯救我的视力。我重新上了学，看书时间长了她也不再训斥我，有时候偷偷跑去朋友家看电视剧，她也像不知道一样。可是随着长大，越来越爱美，我也继承和发扬了我妈的神经质，把近视继续搞成一件严肃的事。

我不怎么敢和异性说话，即使说话也不看对方的眼睛。《围城》里提过一句：男人不和戴眼镜的女人调情。我想我一定不可能找到爱人，会孤独终老。有一天我在大学宿舍上铺看书，忽然一眼瞥到了放在下面桌子上的高度数眼镜。我被它一圈圈的瓶底螺纹吓了一跳，那真是最丑陋、最可怕的东西，我生命里的一切痛苦都可以归咎于它。

作为一个特别强调秩序感的人，有一个具体的痛苦根源会使生活井井有条。然而好景不长，这个根源很快被挖掉了。大四的时候，世界上忽然出现了一种小时候想也想不到的“近视手术”，虽说当时技术还不成熟，但我还是坚持去做了，手术很成功，我马上摘掉了眼镜。隔了几年往回看，很奇怪近视这么一件平常的事，竟然给我带来了那么大的痛苦；也很奇怪那么大的痛苦，说不见就不见了。而在近视手术后，最尴尬的情景出现了：痛苦的“根源”没有了，然而生活并没有忽地一下好起来。其他的痛苦迅速地代替了近视的痛苦，我又在开始寻找新的“根源”了。

什么是病呢？病未必局限于人吃五谷杂粮一定要生的那些病。病是把指甲盖一般大的痛苦变成弥漫整个宇宙的痛苦的能力，是失去了一个痛苦，还可以再滋生无数痛苦来补充的能力。

病还是一种心理，得到某物的时候是天经地义、理所当然，失去的时候却觉得匪夷所思、天道无常。有这种能力和心理的人，如果不愿意改变，那人生就永远处在一种以虐为乐的病中。

穿碎花裙的胖姑娘

文 | 微酸袅袅

我很爱在故事里设置胖女孩减肥成功的情节。

可遗憾的是，我身为一个一直为体重烦恼的女生，却从没有真正地成功过——梦想是瘦成一道闪电，但梦想一直是梦想，我最瘦的时候也不过是“不胖”。

年少时因为腿粗而感到自卑，我有好几年时间没有穿过裙子和短裤。上中学时的夏天，我最常见的打扮是上身穿短袖的夏季校服，下身是秋季校裤。

中考前学校模拟测 800 米跑，班主任特别郑重地叮嘱：“你们明天跑步都要穿短裤，那样阻力小，容易出成绩。”

这条“指令”让我在家里纠结了一夜，第二天虽然听话地穿了短裤，但在外面加了长裤，临上跑道才不情不愿地脱掉。

现在想来应该根本没人会在意我的腿是粗是细吧，可那时的我心里就是别扭极了。

青春期的我还非常讨厌体检。我抗拒往仪器上一站，机械、冰冷的女声报出那个可怕数字的瞬间。

有一次测完体重，我忍不住自我嫌弃地说：“我真胖。”医生伯伯笑眯眯地安慰我：“不胖不胖，你长得高嘛。”可我根本不接受这种安慰，深深地沉溺在自己是个“女壮士”的悲伤里。

上了大学后就没有校服穿了。夏天的武汉就像一个巨大的蒸笼，人在太阳底下站几分钟就会浑身湿透。而那时的我无惧中暑的可能，无比坚强地每天穿牛仔长裤去上课。

穿上牛仔裤又闷又热，却不会让我看起来瘦一点，但有着鸵鸟心态的我觉得这样穿才安全——它可以保护我的粗腿，不致赤裸裸地暴露在众人眼前。

令我震惊的是，好像也有女生完全不在乎这些事，比如P。她和我住在同一栋宿舍楼，因为每周有几天排课时间一样，所以我们常常能相遇。

P似乎比我还高，身量也更魁梧，面相充满了男子气概，可她很自然地穿着坡跟凉鞋和大号的碎花连衣裙，打着阳伞慢悠悠地走在校园里。在一群纤细的同龄女生中，她像个突兀的惊叹号，但我永远不会忘记她身处其中时自信又淡然的神情。

我暗暗佩服她的勇气，同时又安慰自己：其实你也还好嘛——我很没出息地把她当作心理上的“垫背”，以此来鼓励自卑的自己。

大四快毕业时的某天，我在学校的超市门口和她打了个照面。我突然发现，虽然她还是那么高高大大的样子，但整个人的气质柔和起来，碎花裙和坡跟鞋在她身上不再显得突兀，反而增添了女人味。简单来说，她在没有明显变瘦的情况下竟然变美了！我在那一刹那意识到：正能量和自信心真的是有魔力的，它会带你走向你曾经向往的地方。或许有些胖姑娘因为种种原因一辈子都无法成为瘦子，但我们不该因此一辈子不敢试穿那些自己很想穿的漂亮衣衫，更不能一辈子都不去做最想成为的那个自己。

那个穿着大号碎花裙子和坡跟凉鞋的姑娘用她真实的变化告诉我一件事：不要沉溺在自己的缺点里自怨自艾，不要害怕出丑或者失败——要么积极改变，要么坦然接受。

其实出丑和失败都没什么大不了的，永远躲在“害怕”的壳里唯唯诺诺，不敢挣脱出来勇敢地做自己，这才让人沮丧呢。

那天起，我不再刻意隐藏自己的粗腿，会在炎热的夏天穿短裙、短裤，还会迈着我的粗腿去海边玩水，去泳池游泳——我比从前更爱夏天，也比从前更爱自己。

痛苦时，我们都爱怪别人

文 | 林 琬

痛苦时，我们都爱怪别人。但如果不是自己内心已经有伤，别人的行为、语言、态度，其实难以让我们在意，更别说会烦恼了。

觉得自己丑的人，特别在意别人对自己容貌美丑的评价，并不是渴望别人赞美自己，而是内心恐惧自己长相丑的这个“真相”。然而别人的言语并不能伤害我们，是因为我们自觉丑陋，别人的言语才让我们痛苦。

最简单的方法，就是把自己内心的伤治好——面对恐惧，创立自信。否则，别人的言语就会不断让你受伤。

若他人的话语让你痛苦，请感谢他，他提醒了你内心的伤。然后学习如何停止责怪，责怪是没有用的。他不知道你的伤，只是无意间触动你的伤与恐惧。真正让我们痛苦的是内心的那个伤正在发酵，而不是那些言语的表象。

责怪无法治愈我们，只有认清自己的伤在哪里，我们才能治愈自己，让自己快乐。

强迫症是什么“鬼”

文 | 麦芽杨

一

朋友带着一脸“猜猜看”的神情凑过来：“你知道吗，我认识一位插画师，他在路上走，每一步都要跨过一块地砖，如果走错了，你猜他会怎么样？”

“再走一遍。”我完全是一副了然于胸的自信神情。

“对啊，就是这样！你是怎么知道的？”

“因为我也是这样啊。”

与那位朋友的朋友走路时“跨一格”大同小异，我一度痴迷于阶梯中间那道金属长条，力争每一次登阶，都让足弓部分正好卡在它的上方——臆想中，它们是金光四射的筝弦，而我每一次不偏不倚的踩踏，都是恰到好处的拨动。位于六楼的教室快到了，我正好弹完一曲《阳关三叠》，像个得意的琴师，翩然踱进课堂。

有时，曲目也会换成难度系数更高的《高山流水》。我忙于和上那些急促处的节拍，却疏忽了足部的位置。怎么办？重新来过。有时候，如果有一步没有使金属线卡到足弓的中间，我甚至会回到起点，再爬（弹）一遍。然后，在众目睽睽之下，我迟到了。

现在回想起来，那正是我压力最大的一段时期。好在压力很快就过去了，随着焦虑减轻，之前的困扰也就成为日后的谈资。

二

在一些社交场合，“不好意思，我好像有强迫症”简直可以像“你是什么星座”一样作为“破冰”话题。每次抛出，必会收到一堆回应：

我吃完食物，一定要把装食物的塑料袋打一个结再扔掉；

我在学校洗澡时刷卡，必须刷到整数；

我冲洗碗碟器皿时，一定要默默念诵“既不聚成水滴，也不成股流下”；

我喜欢将书架上的书按照书脊的颜色排列，如果有几本书因为颜色不易归类，我宁愿忍痛将它们丢掉……

不过，笑过之后，仔细想想：我们说的“强迫症”真的是临床意义上的“强迫症”吗？

这些症状不过是戳中了人们生活中的一些偏好，而真实情况并没有严重到影响我们的正常生活——至少我们还能轻松地开玩笑呢。

然而，那些真正被诊断为强迫症的人，可能未必笑得出来。

大卫和芬妮以这样的形式出现在有关强迫症的案例记录中：

大卫是个记者，总是过于担心自己在文章中写了冒犯别人的话，所以总要花很长时间检查，这种担心甚至会延续到文章出版后；

芬妮不愿和人握手，戴着橡胶手套不肯摘下，手里还拿着一个装有消毒液的小瓶子；除了担心病菌，她还总是担心自己会说出一些奇怪的话让他人和自己尴尬。

有的人不敢碰公共场合的门，甚至因为过于害怕，到了不敢出门的地步，即使什么都不碰，每天仍要花几个小时洗手，洗到皮肤变红、破皮、流血。据统计，每 40 个人中就有一个这样的人，他们的生活完全被强迫症打乱，不得不向医生求助。

三

那么，到底怎样算是强迫症？

先来看一则八卦：

贝克汉姆曾对媒体自曝自己有强迫症，力求家里的物品摆放都要达到完美的效果。比如，沙发必须排成直线；衬衫根据颜色依次排开；他有 30 条一模一样的 CK 内裤；如果饮料的数目不是偶数，他会扔掉一瓶以保证对称。

事实上，这些症状很多人都会有，但是，那些通过专业的量表和结构性访谈被确诊为强迫症患者的人，通常还满足以下条件：

无法控制这些念头或行为；每天要花费 1 小时以上在这些念头或行为上；实施这些行为或仪式的过程并不快乐，但可以缓解他们内心的焦虑；这些强迫性的想法或行为影响到了他们的日常生活。

你是否暂时松了一口气？

四

当你意识到强迫性的想法出现时，不妨将它作为焦虑的指示标志，在尝试解决之前，先试着接纳，并找到与它和平共处的方式，甚至加以利用。比方说，一个执着地要将所有物品排列整齐的人，还有谁比他更适合做一名敬业的店员呢？

获得 2006 年戛纳青年导演片展最佳短片奖的 Right Place，就讲述了这样一个强迫症患者的故事。

主人公是个普通的便利店员。他吃早餐时，圆形煎蛋必须切成九宫格，蛋黄完整地居于最中央；挑选衣服时，他要站在灯泡的正下方，他的一个衣柜里挂着 8 件同样的白衬衫和 8 条颜色由浅及深的领带；他走路要沿着一条直线；出电梯门也要力求走在一条虚拟的中位线上。

他在便利店的工作是这样的：不停地跟在随意挑选的顾客身后，将那些被弄乱的薯片、泡面、饼干、饭团、汽水、酒或杂志摆放整齐，而且包装图案露出的角度也必须一致；如果需要找钱，找回的钱币也要按照数额大小一一码放。

这样一个人，当他注意到一个试图偷窃的女士，第一反应并非报警，而是去将那份差点被窃的货品归位，也就没什么奇怪的了。然后，他忍不住伸手去整理她不够对称的鞋袜——对方尖叫，老板怒吼，他失业了——即便如此，他走出店门后，也不忘将一箱待回收的酒瓶中的其中一个，拧转到和其他酒瓶同样的角度。

他有一段缓慢但并不沮丧的自白：“我有一点儿古怪，所以有时过得不太顺利。但我并不担心。因为我知道，就像我周围的一切都有它合适的位置一样，那么，在这个世界上，也一定有我合适的地方。我相信。”

像一个片尾彩蛋，最后他得到了一份新工作：整骨师。

在电影结尾，他把错位的骨头一一恢复秩序。我猜，他的大脑一定正在燃放多巴胺的烟花。

高处是我的弱项

文 | [日]村上春树
编译 | 施小炜

从成田机场驱车赶往东京，我在路上看到一个眼生的、高高的东西，心想那是什么，仔细一看，原来是晴空塔。我不禁感叹，有一阵子没见，它竟长高了好大一截。就好像我看到熟人的小孩便感叹一样：“不知不觉长成大人啦。”

其实我对晴空塔没什么兴趣，它建好后我大概也不会去。为什么呢？因为我原本就不喜欢高的地方。一言以蔽之，我有恐高症。

可是我太太最喜欢登高，旅行时只要遇到高楼和断崖，立马就想爬上去。托她的福，我去过世界上各种各样的高处，但每一次我都胆战心惊。

往上爬时倒也罢了，俯瞰下方时我总是两腿发抖，有好几次甚至都下不来了。路过的小孩子迷惑不解地望着我：“这位大叔在做什么呢？”我真想劈头一声怒吼：“这不是没办法吗？谁都有一两个弱项嘛！”可我又不能真冲着小孩子发火。

我唯一自告奋勇地攀爬上去的高处，就是墨西哥的金字塔。从下往上看，它显得并不太高，我便掉以轻心，嗖嗖嗖地往上蹿，一直爬到顶。然而从顶上往下一看，那情景实在是太可怕了。

往上爬时觉得平缓的坡度，望下去简直就像悬崖一般陡峭。我腿脚战栗，冷汗直冒。但好歹最终我还是像状态不佳的蜘蛛侠，紧搂着岩石，磨磨蹭蹭地总算下到了地面。

小时候家里养的小猫咪，神气活现地爬到院子里高高的松树上，这倒没问题，可一往下看便四肢僵硬，下不来了。我完全理解它的心情。它“喵喵”地叫了一整晚，可我也没办法拯救它。早晨起床后，心想情况不知怎样了，我过去一瞧，已经连叫声也听不到了。从此以后，我再也没见过它的身影。

那只小猫咪到底去了何处？至今我仍不时感到奇怪：总不至于就那样饿死在松树梢上吧，在它身上究竟发生了什么事呢？

也许那只小猫咪羞于将狼狈相暴露在家人面前，因此下定决心：“好，不克服恐高症，我就再也不回家啦！”于是，它独自游历天下、修炼武功去了。说不定它还打算踏遍世界的高处，将自己重新磨炼一番。总之，由于某种原因它至今未归。这么一想，我就觉得小猫咪很可怜，便很想告诉它：“没关系，谁都有一两个弱项嘛！”可这是很久以前的事了，对方又是一只小猫咪。

我终于与镜中的自己和解

文 | 文 珍

一

我一生中最频繁地照镜子的一段时光，是在 25 岁至 27 岁之间。那几年，我断断续续地在学弗拉明戈舞。

我看到自己的手在空中举着还未落下，裙子被另一只手提高还来不及扬起，左脚踏后，右脚向前。静止的那一刻，脸上似笑非笑。

舞蹈老师及时地让我从梦中惊醒。她说：“看镜子！向 10 点钟方向甩裙子，头再迅速回正。”

我和其他同伴都照做。

“下巴要骄傲地收起，眼神要坚定，肩背要笔挺，要相信自己是最美的！”她厉声道，并反复强调，“看镜子！”

于是我继续看镜子。幻觉消失，我努力追随着镜中人的影像。

“不用笑。这不是照相，你不需要假笑。”老师说。

我喜欢这句话。我喜欢不必取悦任何人，只是坦然、平静地看着镜中的自己，目不转睛地等那张好端端的面孔随着镜子流淌成云，盛开成花，波光潋滟变为水，或者只化作一阵大风。

舞蹈练习室里最基础的设施就是那四面墙上顶天立地的镜子。你站在中央，向任何方向转头，都能看到自己的身影。那一刻，你甚至比在舞台上更像在世界的中心，因为不但别人可以从四面八方看到你，你也能凝视自身，如凝视深渊。

练舞时镜子主要用于调整姿态，然而就算这时候我仍忍不住注意自己的脸：天生左右不够对称的面庞，竭力微笑或者宣告放弃的鬼脸——总是一样愚蠢，一样没有自信。

二

我和镜子的缘分开始得相当晚。童年时代，我无从判断自己的美丑，因为没人肯提。在我家，关于长相的话题始终是一个禁忌。我 10 时岁坐爸爸的摩托车出去兜风，路遇熟人恭维，说我长得好看，爸爸回来复述，妈妈便说："好看什么？一只丑小鸭！"

我就这样默默当丑小鸭当了许多年。又因近视，我经常戴一副遮住半张脸的黑框眼镜，只有在做眼保健操时才会取下。

11岁时，父母都去了深圳，我被托管在奶奶家。偶尔照镜子，奶奶便骂："怪不得成绩不好——红漆马桶！"这是一句很厉害的骂人话，意思是只有光鲜的外表。

和我要好的同学告诉我："有人趁你做眼保健操时偷偷看你。"但我也不觉得是因为自己好看，只担心鼻梁上有眼镜压出的可笑的印子。

这一切造成了我整个青春期面对镜子时的无法言说的羞耻感，因此我是绝不会当众照镜子的。

然而私底下，我仍然珍藏了一面小镜子，它的外形是巴掌大的卡通青蛙的形状，里面配的小梳子早就被我弄丢了。我独自一人时常常凝视镜中的自己。我怀疑过自己一只眼睛大，一只眼睛小；也怀疑过自己的鼻梁不够高挺；对着镜子练习微笑时露出 8 颗牙齿，午睡时也偷偷把它带上床。

迟来的自我觉醒和这面青蛙王子的小镜子一起，陪我度过了黯淡无光的青春期。上高中时有一次和父母去珠海玩，我却把镜子丢在了大巴上。我下车后遍寻不得，失魂落魄了许久，直到终于在座椅缝隙里找到那面镜子才安心。我爱它，如同爱并不完美的自己，认定只有它才不会照得我失真变形。

对于当时的我来说，没有比它更重要的朋友了，上大学后它依然陪伴着我。

我经常问它："魔镜魔镜，谁是世界上最孤独的人？告诉我，告诉我。"

来北京读研后，这面陪伴我超过 10 年的小镜子终于有一天被我不小心摔碎了。"世间好物不坚牢，彩云易散琉璃脆"，之后，我有好长时间都不再照镜子。又过了更久，我开始觉得照什么镜子都一样。

这面碎掉的镜子我一直保存着，时至今日，偶然拉开抽屉还会看到。我看着它，觉得十分亲切，就像在看我少年时代唯一的朋友。

三

开始接受全身镜中的自己，是在学弗拉明戈舞之后。

和六七个学舞的同学一起，排成一列，一模一样地甩头、击掌，提起裙子并抛至另一侧。从镜子中看到自己在集体队列之中，我有一种异样的平静。

舞蹈老师一直说："看镜子，要相信自己是最美的。"

我其实从未真的相信自己是最美的，而且早已明白美丑并不是那么重要的一件事。美也好，不美也好，总有一些东西是镜子无从了解，只有自己知道的。我学会了坦然面对任何一面镜子，接受任何形态的镜中人，也学会了面对这个遍地幻象的世界。镜子不过是镜子，自己永远都可以从镜子前走开。或许那面青蛙镜子决定碎掉，也不过是为了最终放开我。

我将毕生怀念与它共处的时光。它认识我的本质，远比我自己要早。

我想轻轻拥抱这样的你

文 | 黄 菲

我的身体里一直住着一个 11 岁的女孩。

一个羞怯的、紧张的、敏感的、局促不安的女孩；一个曾经令我感到自卑和恼怒，一次次想要驱逐却驱逐不了的女孩；一个我终于心平气和地接受，愿意以温柔、坦荡之心轻轻拥抱的女孩。

11 岁那年，我去了一所新学校。陌生的环境令我手足无措，更让我无助的是，新班主任因为不愿意增加班级的人数，明确地排斥我。我在惊惶中一次次用好成绩换来了安全，然而，从此我的身体里住进了一个羞怯的女孩。

我害怕在课堂上发言，害怕在人多的场合被关注，害怕遇到老师和亲戚中的长辈。我能写漂亮的演讲稿，比赛时却紧张得双手冰凉。我被邀请进了文学社，但聚会时是最安静的那一个。年底聚餐，我的女同事们像可人的解语花，而我握着酒杯，笑容局促。

我多么羡慕那些活泼大方、优雅得体的女孩。她们是优雅的白天鹅，而我的某一部分，却永远是那个 11 岁的羞怯女孩。谁也不知道我因此有多么自卑和沮丧。

然而，是从什么时候开始的呢？我渐渐接受了身体里的那个女孩的存在，不再为她羞愧和苦恼。

也许是在一些不经意的阅读中。我看到梭罗这样写：“如果一个人跟不上他的伴侣们，那也许是因为他听到的是另一种鼓声，让他踏着他所听到的音乐节拍而走路，不管那拍子如何，或者在多远的地方。”我看到黎戈这样写：“人生而孤独，只是不被理解的孤独，好过被胡乱解读的孤独；安静独处的孤独，好过被噪音塞满的孤独；干净一味的孤独，好过杂味乱炖的孤独。”读到这些文字时，仿佛有人在我心里最幽深的角落划亮了一根火柴。

也许是在一些秘密的快乐中。那年秋天，我和微博上惺惺相惜的朋友约在杭州相见。害羞的人相见，虽然内心欢喜，但显然不够亲热。我们常常在四目相视的时候，不好意思地笑着移开眼睛，直到告别时，才鼓起勇气互相拥抱。然而，这样的情谊不是更有曲折幽微的意味吗？每次想起我们的相见，我的心就像被轻软的羽毛拂过，最温柔的歌曲也唱不出那份醉人的柔和。这样朦胧含蓄、欲说还休的情境多么美。我想，也许生性羞怯的人，才更能领略这种情感中的留白之美。

也许是在一些突然降临的感悟中。在和朋友聊天时，我感叹自己没能成为一个更聪明、更能干的人。朋友认真地说：“为什么要更聪明、更能干？你现在就很好。”轻描淡写的一句话，却几乎叫我落下泪来。对呀，我为什么一定要更聪明、更能干、更优秀？我为什么要轻视那个独一无二的自己？一个人的优点是炫目的，然而，他的弱点才是他的精神胎记，我为什么不能坦然接纳？

更何况很多时候，弱点也是命运赠送的礼物。因为羞怯，我隔绝了那么多喧闹和浮华，得到了一个更加静谧和安详的世界；因为羞怯，我屏蔽了那么多无聊的敷衍，得到了更加诚恳和默契的情谊；因为羞怯，我得以和生活保持着安全的距离，静静地观赏这人间种种耐人寻味之处；

因为羞怯，我活得更纯粹、更自我、更自得其乐。

全世界都在说“做最好的自己”。我不知道什么才是“最好的自己”，但是我知道，那个想将内心深处曾经弱小的自己远远撇开的，那个不能接受自己的缺陷和弱点的，那个只允许自己“好”、不能承受自己“不好”的，绝不是“最好的自己”。我无意成为“最好的自己”，只希望永远有底气能对那个羞怯的、笨拙的、紧张的自己说：“亲爱的，慢慢来，我为你准备了一个永远张开的怀抱。”

我想轻轻拥抱这样的一个你，一个有弱点的你。我将终生保持这样的骄傲——永远能够有所担当。

谁动了你的自尊

文 | 陶瓷兔子

我被初中时最好的朋友疏远，不过是过了一个暑假的事情。

我并不知道如何得罪了她，苦思几周无果之后，终于鼓起勇气去问她。她扫了我一眼，带着莫测的笑容，说：“没什么，你挺好的。”

“你挺好的，我只是不想再和你一起玩了而已。”我读懂了她藏在眉间眼角的潜台词。

有一次，她在课间匆匆跑过来，找我们班的一个同学借书。那个女孩不在，我连忙把自己的书递出去给她，她并没有伸手接，而是拉住一个刚准备进来且她并不认识的女生，说：“同学，你能不能把课本借我一下？”

“你就拿我的去嘛，”我说，“我笔记记得可全了。”

“你学习好，你了不起行不行！”她恶狠狠地瞪了我一眼，拿着另外一本空空如也的课本转身离开了。

目睹了一切的班主任看我太尴尬，就把我叫到一边安慰：“她疏远你，只是为了保住自己的面子罢了，并不是你做错了什么。”

“可是，我又不是想跟她争，我们明明可以一起学习的。”我说。

“自卑的人总是习惯在别人身上找尊严。你还小，现在不明白，以后会懂的。”

小时候读《天龙八部》，觉得慕容复简直是书中的一大败笔。金庸先是虚张声势地忽悠了大半个江湖，又将朱碧双姝、四大家将狠狠渲染一番，用以衬托慕容公子的才貌无双。

而当慕容复真正出场之后，却不是被珍珑棋局弄得心神迷乱险些自杀，便是在少室山武林大会上败在了段誉手下，更是被乔峰（萧峰）像玩偶一样提起又重重摔下。从此他颜面全无，乃至自甘堕落到认段延庆为义父，手刃家将直至疯癫，只落得对着一群小孩子称帝要威风。

直到后来长大，我才慢慢地体会到这段内容的深意。

慕容复是《天龙八部》中最骄傲的人物，他文武全才、勤勉自励、兢兢业业，比书中的任何一个人都要努力，梦想明确、行动迅速。可他越是优秀，就越是自卑；越是自卑，就越是高傲。

他的优秀是一块遮羞布，遮住他并不丰厚的家底、并不高强的武功和并不现实的梦想，遮住他惧怕被别人窥到的千疮百孔。

所以，他看到段誉，明里是不屑，暗里却是自卑。段誉是大理名正言顺的王子，而他只不过是一个并不为人承认的落魄燕国的皇族后裔。

他看到乔峰则是惭愧，二人的实力相差太远。乔峰靠自己的双手打出了“北乔峰”的名号，而慕容复所能倚仗的“慕容世家”，早已成了一个不堪风吹雨打的烂摊子。

他的自卑让他放弃了“共赢”，太迫切需要通过他人的不堪来反衬自己的优秀和完美，和地位相当的人结交，则会让这一原则面临极大的风险。

他的一生就这样栽在了自己可悲的伪自尊上。

为了这一点儿虚无的尊严，他宁愿俯就，也不愿与自己旗鼓相当的人结交；宁愿失败，也不愿别人靠近真实的自己；宁愿疯癫，也不愿意去面对自己是个彻头彻尾的失败者的现实。

没有自尊心的人固然可怕，可是有些人却因为太看重自尊，而最终失去自我。

他们太敏感，性格又太高傲，以至于不敢面对自己身上哪怕一丁点儿的不足，生怕被别人看见而受到嘲笑。

松浦弥太郎曾经写过一段有关自尊的话："聪明的人，努力的人，可以靠才华和勤奋达到某种程度的成功，但他们往往无法再上一层楼。此刻，阻挡他们成长的就是'自尊'。这种'自尊'很可能是我们为了保护自己、向人炫耀、打压对方而存在的铠甲，看似坚不可摧，实则不堪一击。"

将另一半真实的自我深埋地下，从此戴着自认为很有优越感的面具生活，与自己真正成长和进步的机会失之交臂——这是一桩多么得不偿失的交易。

年少时的虚荣外衣

文 | 范泽木

三年级开始，我告别了村校到镇里上学。这意味着我无法每天吃到母亲做的新鲜菜了。我和那些已经在镇里读书的伙伴们一样，靠霉干菜下饭。

开学前一天，母亲为我准备了第一个星期的霉干菜。她往锅里倒了许多猪油，还加了一些黄豆。闻着锅里飘出的香味，我口舌生津。第二天，我接过母亲手中的菜桶，满脸欣喜。我很期待在学校的第一餐饭，期待我的霉干菜会引来无数羡慕的目光。

到了学校后，我着急地拿出箱子里的菜桶，一位同学大叫起来："嘿，你的霉干菜怎么这么黑、这么粗？"我几乎被他的声音吓了一跳。同学们纷纷围过来欣赏母亲的"杰作"，并不约而同地嘲笑起霉干菜的"长相"。相比其他同学那色泽金黄的霉干菜，我的霉干菜确实又黑又粗、丑陋不堪。我像一只斗败的公鸡，满脸颓丧。

心里期待的一切都蒙上了灰色，我无心吃饭，匆匆扒了几口后就把饭菜倒进了泔水桶里。此后，吃饭成为我最难熬的事情。同学们都互相换菜，你吃我的，我吃你的，我像被世界遗弃的孤儿，独自在角落里默默扒饭。

回到家后，我埋怨母亲。她喃喃自语："怎么会呢？我放了这么多油，又加了黄豆，闻上去不知有多香。"我大喊："你做的霉干菜太难看了！"她提高了分贝："菜是拿来吃的，不是用来看的。"这个道理我懂，然而年少时的虚荣心让我情不自禁地本末倒置。母亲安慰我："你放心吧，这次炒出来的霉干菜肯定比上次的好看。"

结果并不像她所说的那样，母亲这次炒出来的霉干菜依然丑陋不堪。年少时的虚荣心紧紧地箍住了我，以致我以貌取菜，没有再去品尝就将它弃在箱子里，取而代之的下饭菜，是从小店里买来的豆腐乳与榨菜。同学们对这两样菜很感兴趣，总是抢着把筷子伸进我的饭盒里。我虽然经常被他们抢得无菜下饭，但心里却溢出幸福。此后我都用豆腐乳与榨菜下饭，并因同学们的竞相争抢而幸福不已。母亲炒的霉干菜被我原封不动地倒进了泔水桶。我不知道，如果母亲知道我这样做后，她会有多伤心。

一年后，学校有了食堂，我和母亲都结束了为霉干菜而苦恼的日子。

有一年正月，母亲炒自家种的花生，由于火候没掌握好，把花生炒焦了。开学时，母亲叫我带一些花生到学校里吃。我不假思索地说："我不喜欢吃花生。"母亲宠溺地看着我："别跟我来这假惺惺的一套了，我炒的花生多半还不是你吃的？"我没法拒绝，只能任她把花生装进书包。刚过完年，同学们的书包都鼓鼓囊囊的，花生、瓜子、苹果、橘子一应俱全。他们看着我带的黑乎乎的花生，脸上写满了惊讶。我上铺的同学嚷嚷："这么黑的花生能吃吗？"与他们的花生相比，我的花生确实相形见绌，我象征性地吃了几颗后，就把剩下的花生扔进了垃圾桶。

我小学毕业的时候，母亲来学校帮我拿行李，她从我的箱子里拿出一袋黏糊糊的东西说："这不是咱自家做的柿子干吗，你怎么放着没吃？"我愣愣地站着，半天说不出话。那是母亲亲手做的柿子干，我习惯性地怕同学笑话，就没好意思吃。母亲疑惑地问我："你咋不吃呢？"我低着头，还是没说话。她脸上的困惑渐渐变成了失落。她一声不吭地把霉烂的柿子干扔进垃圾桶，自言自语道："多好吃的柿子干，我熬了几夜才做出来的，你居然让它们在箱子里霉烂。"我的喉头发紧，鼻子发酸，一瞬间，心里的愧疚波澜起伏。

母亲长得结实，干农活时得心应手，但做细活时确实有点儿力不从心。尽管如此，母亲还是想方设法变着花样给我做好吃的。

我读大学时的一个寒假，母亲买来许多板栗。晚饭后，她系上围裙，锅前灶后忙个不停。她把炒好的板栗放在箅子上，满心期待。炒板栗的味道很好，只是样子依然不好看。她的目光充满探询的意味，我认真地点点头说："好吃，真的好吃。"她松了一口气，笑了，脸上满是欣慰。我平静的内心像被突然投进了一个石子，泛起苦涩的涟漪。我一直都没有好好吃过母亲做的东西，这对她来说是多么残忍的事。

开学的前一晚，我叫母亲给我炒些板栗，说要带到学校里吃。她像受到奖励的孩子一般高兴，连忙系上围裙朝灶台走去。我看着她的背影，心像被一只大手攥住一般难受。

到了学校，我在寝室里津津有味地吃着母亲炒的板栗。室友狐疑地看着我，我犹豫了许久，终于鼓起勇气说："我妈炒的板栗，你要尝尝吗？"他愉快地拿了一个。"哟，好香，我原以为这黑乎乎的东西不好吃呢！"他夸张地大叫起来。

那天下午，我与室友分享了母亲的"杰作"。后来，我忽然有些伤感。前些年，我披着虚荣的外衣，辜负了母亲给我的许多爱。而今，我终于能舍弃虚荣，发现母亲给我的爱原来是那么绵长。

谁在年轻的时候没当过“非主流”

文 | 纸 刀

从13岁开始，我就和衣服较起劲儿来。这种较劲儿，几乎贯穿了我的整个青春期，成为我青春岁月的主题。

我永远记得自己第一次想要“由自己决定穿什么”的情景。此前的10多年里，我的衣服，要么是捡表哥们的，要么是父母单位发的工作服，这是我们那个时代的同龄人更新衣服的主要方式。但这种方式在持续了13年之后，遭到了毁灭性的打击——那天，学校集会，我和同学在队列中小声说话被老师发现，老师声音尖利地喊着我的名字，说：“你穿件花衣服，在队列里晃来晃去，现眼啊？”

我的这件衣服，是我最不愿被人提及的伤疤。这件衣服是妈妈单位发的工作服，她为了让我能穿出门，特意将有些暗花的衣服染成了黑色。但染料在无数次的洗涤中渐渐褪去，把我忌讳的“花”显露了出来。而我，一直以一种侥幸的心态，期望大家“看不见，看不见”。但遗憾的是，别人不仅看得见，我的痛处还因为一次小小的违纪，被老师血淋淋地点了出来。

那天晚上，我哭了一夜，咬着牙向妈妈提出：“今后我的衣服一定要自己选！”我坚决不再接受他们强加给我的任何衣服。

妈妈看着我凄惨的表情，想了想，就答应了，但和我约法三章：第一，不许选奇装异服；第二，不许选太贵的衣服；第三，只许买耐脏的黑色或蓝色。

虽然限制很多，但与充当“垃圾桶”、无条件地接受各种旧衣服相比，已算是前进了一大步，只要不被逼着穿那些被人取笑的别人淘汰下来的衣服，让我干什么都行。

但想法与现实并不一样。当我拿着妈妈交给我的15元钱跑到服装一条街去溜达时，我顿时认识到理想与现实的差距。15元，这笔相当于妈妈1/4月工资的“巨款”，在那条刚刚兴旺起来的小街上，就如同一粒盐掉进了水缸里，微小得可以忽略不计。而当我走进那条现在回想起来已非常落伍的“初级阶段集市”时，如同阿里巴巴进了大盗们藏宝的山洞，各种我闻所未闻、见所未见的好东西，如秋风扫落叶一般，把一种巨大的“不满足感”冲入我的心中，让我在大开眼界的同时，也对自己的生活现状产生了强烈的不满。

照说，按当时的物价，用我手中的钱买一件时兴的运动衫是没问题的。但由于此前“欠账”太多，加之老师的一声棒喝，我感觉自己缺了太多的东西——外套、内衣、裤子、鞋子、帽子、书包、皮带……这些需求，像一群巨大而疯狂的饥饿的野兽，而我口袋里的那15元人民币，则像一只瑟瑟发抖的可怜的羊羔。我那时的惶惑与不满足感，是你们可以想象到的。

当时还没什么名牌概念，最贵的西服，也不过七八十元。那时的服装制造商，借着人们崇洋的心态，随意地给那些服装取些外国名字，它们便可以卖得风生水起。

那些衣服我买不起。买不起，而硬要认同那个标准，是一件痛苦的事。这时候，我们无师自通地学会了用阿Q的思维方式来解决面对的困惑，将我们买不起的那些东西，都当成非我族类的丑东西。这种“吃不到葡萄就说葡萄酸”的心理，很巧妙地将“买不起”变成了“不屑于要”，这不仅解决了我们心里不好受的问题，更重要的是，在我们周围形成了一个小小的气场，一群境遇相近的人因强调某种共同的特征而紧密地团结在一起，从而让单个的虚弱个体变成强大的群体。我们就是这样，用一大堆军挎书包打垮了班上刚刚冒头且有些不可一世的皮书包。

我的15元钱，最终依照这个原则，买了一件“公安的”衣服。所谓“公安的”，就是一种蓝色的确良的仿公安制服，这种化纤衣服现在已绝迹，但在当时绝对是半大的小毛头们向往的一种装束，它开启了我自主选择衣服的纠结旅程。

我家乡的“的确良热”，是被一个外国人灭掉的。那是一个金发碧眼的外国人，在他看来，纯棉质地且越洗越白的劳动布，比脆弱的的确良要好。这个外国人的观念，直接改变了我家乡人民的着装品位。一时之间，劳动布工作服纷纷出现在大街上。

越来越渴望受到人们关注的我们，远远不满足于把工作服原样穿上街，我们已开始有了我们自己的标准——衣服一定要有旧的光感和质感，还要有熨帖时尚的样式。这恰是工作服所不具备的。因此，我们决定找人帮忙改，但到服装店一问，工钱比买新衣服还贵，于是就决定自己动手改。一个下午，我趁父母都不在家，对一条无辜的新劳动布裤子下了手。

那时，我的目标是自己做一条外国人穿的牛仔裤。据我的观察，那种裤子最大的特点便是紧。这还不容易吗？把劳动布裤子拆开，把每块零部件沿周边剪小一圈，再原样缝好就成了。我为自己的聪明暗自激动了一回，怎料我为这个小聪明付出了惨重的代价——我和我的那条裤子，成为所有同学怀旧时必提到的一个笑柄，一笑几十年，经久不衰。

我匆匆忙忙地把裤子连起来，就像拼好世界上最难的一幅拼图那样，长长地舒了一口气。仔细端详那条改后的劳动布裤子，我相信那条裤子如果有妈的话，恐怕连它妈妈也认不出它来。两条裤管粗细不匀，还长短不一；没有锁边的裤缝中露出长短不一的毛茸茸的线头；裤腰依旧很大，像一只畸形的蝌蚪，张着大嘴，拖着两条病态的尾巴……

我被自己神奇的破坏力震惊了。而且我居然打算用“特色”为借口来安慰自己，并说服自己，艰难地换上它，走了出去。鼓励我这么干的，有如下几个理由：第一，县里几个唱歌的年轻人曾穿过撕掉袖子的衬衣在街上走；第二，几个写诗的大哥哥故意在裤子膝盖处剪出破洞；第三，在重庆学美术的三哥，把一条裤腿剪下来套在头上，就成了一顶帽子。他们的这些“杰作”，在小毛头们那里获得了阵阵尖叫声和口哨声，这在当时就算是最牛的赞同了。

我和我的特色裤子，没有那么好的运气。人们用一系列捶地喊肚子痛的动作，击碎了我惴惴不安的侥幸。连最厚道的人，也以一脸强忍的坏笑，同情地看着我。

那不是我最后一次与衣服较劲，但绝对是最糗的一次。正因为这次教训，我在刚参加工作的第一年，每个月花大部分工资拼命去买衣服，改变自己的装束，想以此找回自己当初被那条变态裤子丢掉的自尊心，也想以服装的改变，向人们证明我与以往不一样。

如果你和曾经的我一样自卑

文 | 伊 心

作为一个鲜在社交网站上发布照片的人，我曾经深刻地反省，这样做的根本原因是不是我如今依然自卑。这也正常，长相不如人意，身材马马虎虎，总有一些自卑的理由。

有时候看偶像剧，当看到别人的高中生活都是风生水起、热烈恣意时，我的心底常常愤恨难平。因为纵观我的青春期，简直可以用“灾难”二字来形容。

那时我是个小胖子，经常因此被朋友们调侃。比如我站在窗前忧郁地说：“学习太累，真想跳下去一死了之。”朋友会立马接一句：“别把地球砸穿。”

胖意味着我很难买到合适的衣服，你永远不能指望一个常年穿深色运动服的女生能好看到哪里去。

胖不说，我还经常生病，一个月中总有好几天得吃药甚至打针。生病带来的不适给了我一种很消极的暗示，即使窗外的阳光再好，我也觉得心头昏暗。

所以，我不仅羡慕那些花枝招展、亭亭玉立的艺术班的女孩，甚至还羡慕一个从不生病、走路矫健的女同学，她看起来永远是那么充满活力。

除此之外，我还不会唱歌，不会跳舞，不会演奏任何乐器，几乎没有任何特长。所有属于青春少女的光芒，一到我这里就变成了一片暗淡。

种种原因让我无比自卑。语文课上老师让同学们上台朗读课文，就是我最恐慌的时刻。

即使不脱稿，我也能感觉到自己在不停地打哆嗦。台下几十双眼睛，每一道目光都像探照灯，让我的紧张和心虚一览无余。

上了大学之后，我参加各种活动，慢慢地克服了自卑，但这是被逼的。那时候，我们班有一个认真负责、积极踊跃的团支书，一心为班级的荣誉着想，但凡学校有什么比赛、竞赛，她总在不提前跟我们打招呼的情况下给我们报上名，以此来逼迫我们去参加。

所以我被迫加入了长跑队，被迫参加了朗诵比赛、演讲比赛，甚至被迫参加了我最害怕的数学竞赛。当我每次要打退堂鼓的时候，她都严肃地批评我、温柔地鼓励我，硬生生地将我推上“战场”。

终于有一天，我发现自己站在台上时不再感到紧张害怕了，即使即兴演讲也能游刃有余。当然，我也不是一天就变成这样的。

每逢比赛，我先是一遍一遍地背诵演讲稿，这样就算再紧张，我也能凭借惯性记忆将演讲稿连贯地顺下来。后来我在越来越多的人面前演讲，让他们给我提意见，然后一点一点地对着镜子练习，终于，我也变成了一个风格独特的人。

从那之后，我终于知道，许多人并非天生就能侃侃而谈，他们和我一样，是在人后练习了无数遍之后，才终于得以在人前侃侃而谈。

我也不知道自己是在哪一刻战胜自卑的，但一路走来，我觉得，真正的成长是一个让自己越来越有底气的过程。

这种底气，有时候不仅仅在于考多高的分数、有多高的收入，而在于积淀了多少足以让自己不忧不惧的东西。

在克服自卑的路上，我不过是用了最笨拙的三个方法——学习、读书、思考。

即使现在告别学校开始工作，学习仍然是最能带给我底气的方法。

掌握一项新的技能，考取一张含金量很高的资格证书，在工作中不断地积累行业经验，这种学习当真是逆水行舟，不进则退。

学习或许不能很快为你带来一份高薪的工作，但至少给了你找到高薪工作的可能性，也顺带给了你用高薪工作来证明自我价值的可能性。

有些人觉得读名著没有用，读“心灵鸡汤”更有立竿见影的效果。可我总觉得，也许一篇“心灵鸡汤”能让你在一瞬间燃起斗志，可很难指望它能拯救一颗卑微的心。

反倒是那些流传了数百年的名著，那些隐藏在字里行间的真挚、善良与美好，足以让你在暗自哭泣时，因为了解到一个遥远的、未曾谋面的、惺惺相惜的人也曾经历过相似的痛苦而心存余温。

我想起自己在情绪波动、忧郁绝望时度过的日子，是那些书拯救了我。那些伟大的、踽踽独行的灵魂，甚至那些充满力量的只言片语，成了我最好的止痛药。

读书也总是能够让人产生一种错觉——一个人一生的悲欢离合在五六百页的书中便可尽述，而当你以造物主的姿态俯瞰万物时，眼下的痛苦不过是漫长人生河流中一朵最微不足道的浪花。

忘了是哪个哲人说过：“思考是人与人之间最后的区别尺度。”

在这个信息爆炸的时代，越来越多的人沉迷于微博上的搞笑动态图和网络段子，沉迷于一遍遍地刷新朋友圈查看他人的最新动态，却鲜有人愿意在人潮拥挤的嘈杂生活里，像古人一样“吾日三省吾身”。

思考如此重要，它几乎是最深刻的成长方式。他人走过的路只是参照，而从自己的跌倒中思考为何会跌倒，才能让自己走得更加顺遂。

曾经有人问我："你是如何让自己的内心变得这么强大的？"我回复了简单的一段话："受伤，但不让每一场伤痛白挨，反复思索，一点一点地积累经验和教训，并努力将它们变成要义；看书，读史，相信时间的魔力，由此确信自己此刻的痛苦于曼妙的人生而言不过是瞬间；聊天，体会他人的生活，借鉴他人的经验，思索自己的人生，由此让自己的精神生活越来越丰厚。"

我当然不是天生就内心强大，而是在一路走来的过程中，总结了这些所谓的要义。

克服自卑、懦弱和紧张的方法，不过是通过自己对自己的磨炼，变成一个更好的自己，变成一个让人心悦诚服的自己。

这个世界上总有解决问题的方法。觉得胖就减肥，身体弱就锻炼，写不好文章就多写。也许经过一万种尝试之后，你和我一样仍然有点儿自卑，但至少我们终于能够坦诚、宽容地去爱这个不完美、有些胆小却总在进步的自己。

我与我的自卑如何相处

文 | 闫 晗

我算不上一个自信的人。从中学时开始，我的自卑就与我如影随形。每当被拒绝或者遭遇不顺时，我常常会自问：是我长得不漂亮吧？是我不会来事儿吧？是我能力太差吧？要不然怎么会这样呢？

之前看深田恭子主演的日剧《请和废柴的我恋爱》时，我心里纳闷：她为什么会这样？为什么颜值这么高，自我评价却这么低？这不合理呀。

女主角说："梦想过上普通人的生活，可是好难，我做不到。我用尽全力也做不到普通人能做到的。"

不知道是怎样的经历才养成了她这样的性格。总之，父母不看好她，她对自己的评价也非常低："没人会爱上这样的我吧？"

剧里的她一直在卖力地取悦他人，宁可饿着肚子也要给小男友买昂贵的礼物；被小男友骗走了钱后，讨好型人格的她明知被欺骗了却不去要回来，因为她想维持自己对他的幻觉。可那个人并不真诚，这也根本不是正常的恋爱。

工作中，她付出很多，但依旧得不到相应的尊重。看到气场强大的御姐型美女，她事先都抱着对方一定难以接近的想法，后来相处之后才发现对方竟意外和气，每个人在世上都是孤独且缺朋友的。

把自己的位置放得特别低，而把别人看得高不可攀，是自卑者的通病。我回想了一下，我似乎也有过这样的经历。

中学时我读山口百惠的一本自传，对于她童年的自卑感非常不理解：她那么漂亮，一定有许多人爱慕着吧？我要是长成她的样子，就不会自卑了。

我当时正暗恋着一个男生，可我并不会穿衣打扮，每天顾影自怜，上演各种内心戏，感觉这样的自己是不会被喜欢的，也就没有勇气去接近和了解他。

后来上了大学，对样貌的不自信依旧束缚着我。我畏惧社交，拒绝尝试，担心找不到舞伴而不去学交谊舞，整天待在图书馆和教室，变成了一个书呆子。

错过一个人，错过一段可能的恋情也许并不值得遗憾，值得遗憾的是在那段时间里我错过了让自己内心强大起来的可能。

我也遇到过一些美好的姑娘，家境富裕、多才多艺，我从未想过这样的姑娘会真心与我做朋友。因为有这种心理预设，也就不会拥有这样的朋友。不得不承认，友情也是需要内心旗鼓相当的，自认为弱势的一方，处处要显示小心翼翼的大方，在交往中总是会很累。

当拥有更多的人生经历，我才知道山口百惠那样的人也会因为单亲家庭出身而畏缩，没有谁是无懈可击的。魅力并不仅仅来自外表、地位或者财富，而是一份自信与得体。

电影《超大号美人》的设定非常有趣，胖妞摔了一跤，眼中的自己突然变成了大美女，从此自信心爆棚，主动追到男朋友，得到时尚公司的前台工作。事实上，她还是原来的她，大家是被她的自信、热情、聪明、周到感染了。

有魅力的女人长什么样？她们的外表可能并不出众，也并非一身名牌，但态度优雅、举止自信，就像《傲骨贤妻》里的爱莉西亚和黛安。

那是与学识、见识、成长经历有关的自信，她们很专业、很努力，相信自己能得到更多，并且真的做到了。这或许就是心理学上所谓的自我实现的预言吧。

我如今学会的很重要的一点，是与自卑和平共处。既然很难真正地摆脱它，那不如试着接受它的存在。

当它露头时，认出这个老朋友，同时并不过分在意——我可能会做得不好，不被人喜欢，能力有待提高，甚至可能搞砸，可是依旧可以试一试。最坏的结果又能有多坏呢？不过是丢脸而已。

怎样成为一个内心强大的人？

听上去题目很大，但我觉得，只要敢于去尝试，一点一滴地积累成就感，每一件小事的成功都会让你感觉更好一点。如果失败了也不要紧，尝试过程中的体验会丰富你的人生。这样，每一天你都会更加自信、更加自如。

成长中最大的敌人，是羞耻感

文 | 陶瓷兔子

1

我人生的第一个“官职”，是在小学三年级的时候，被班主任随手指派，当了英语课代表。

那时候，英语的重要性还远没有现在这么高，所以班主任才用了一种特别随意的态度——用指节敲了敲我的桌子，轻描淡写地跟站在门口的英语老师介绍：“以后她就是你的课代表，收作业、发作业你找她就好。”

我被天降的“殊荣”砸得晕头转向，压根没意识到班主任之所以选了我，并不是出于信任，而是因为我坐在第一排，她那时又恰好站在我的桌子旁边。

我们的英语老师是个大学刚毕业没多久的姑娘，压根镇不住叽叽喳喳的小学生。每当不得不点名批评某人时，她总会自己先红了脸；提问没人举手回答的时候，也会露出掩饰不住的失落。

她也不懂“讲公开课之前要先指定好某人来回答某个问题”之类的那些套路。在一次校领导旁听的公开课上，她需要一位同学朗诵一段课文，课文并不难，之前又讲过了三四次，可不知是什么缘故，当时就是没有人举手。

我坐在第一排，清楚地看着她的脸一点点红起来，求助似的看向班里成绩最好的几个同学，可他们不懂察言观色，还是没有一个人举手。

大概年幼时的我总是正义感爆棚，再加上那个从天而降的课代表殊荣的驱使，让我不顾自己“学渣”的身份，举起了手。英语老师如释重负地冲我笑了笑，可下一分钟，这笑险些变成了哭。

作为当事人，我对自己念得有多难听完全没概念，唯一知道的是班里很多人都笑了起来。英语老师的脖子根都红了，她用不满的眼神盯着我，好像是由于我的存在，加重了她的窘迫。

而班主任很快在自习课的时候找上门来，指责我：“就你念成那样，还英语课代表呢，你对得起这五个字吗？都不知道在家先好好念几遍课文，瞎举什么手！”

是我给班上抹黑了吧？都是我的错。

我一路哭着回家，父母以为我受了天大的委屈，问明原因后却只是说：“下次准备好一点就行了。”

他们在心底也觉得我不该草率地举手吧。没人夸奖我的正义感和责任感，所有人都在告诉我“准备好”这件事有多么重要。

2

在微博上看到邱晨写的一段话，我颇有同感——

可我们的教育不是这样的，在我们的生活中，“羞耻感”是个分量极重的词。

长得不好看，就只配躲在人群之后；唱跳能力稍微差一点，就应该低调地龟缩在舞台的一角；只要在人前露出一点点的不够好，就会被骂得体无完肤。

就连做个普通人，你都得小心翼翼，哪怕是在自己的微博、朋友圈里发张自拍，也逃不过“杠精”的评论：“唉，你长得真不好看。”

认识一个写作天赋极高的小朋友，刚发了一篇文章就有人留言：“这写的什么呀，就这水平还好意思发表？”她便立刻惶恐地注销了账号，跟我说：“我也觉得自己没准备好，我自己先练练，以后再说吧。”

我本该劝她两句，但也实在不知道该说点什么，眼看着她一直停留在“做准备”的阶段，步步艰难，又因为没有获得任何反馈而进展得更加缓慢，直到彻底不写了。

她说：“反正我也写不好。”

3

还有一位朋友，是那种在超过十个人的场合说话就会诚惶诚恐的人。有一次我们聚会人多了点，她就整晚缩在墙角，连头都不怎么抬。

散场之后我们一起回家，我能明显地感觉到她身上有种坚硬如盔甲的东西随着人群的离散一片片剥落。我问她：“你刚才怎么一句话都不说？”

她回我一个苦笑：“人太多了，万一我说错什么，岂不惹人笑话。”

“谁会笑话你呢？”这句话我没问出口，因为我们都心知肚明，那个会一直笑话她的人，其实就是她自己。

我们这样的人，像自带着一根磁针，总是能特别轻易地找到同类，我们带着同样的气质行走于人群中，一半叫谨慎，一半叫瑟缩。

我们已经不需要任何人来给我们施加“羞耻感”了，那早就内化于我们内心的一个声音，反复在跟自己说：你这样很傻的，你还没准备好，你会出丑的。

在迎向别人的目光之前，我们已经把自己审判了千万遍。

4

也正是因为这个原因，我特别能理解那些喜欢杨超越的人。

她像是我们的反面，她永远不拘谨，永远不觉得自己差，永远相信自己能变得更好，仿佛拥有一种浑然天成的钝感。

她永远用不着那套严谨而复杂的内心过滤机制。也正因如此，她的一颦一笑都散发着毫不做作的天然能量，即便再不喜欢她的人，也无法否认她身上的那种放松感。

就连在男篮世界杯的抽签仪式上，她把“国际篮联男篮篮球世界杯”说成了“国际篮篮篮篮球世界杯”，也毫不羞怯。而我的一个朋友在群里感慨：天哪，我要是她，会恨不得找个地缝钻进去，这一天就完了。

其实，《德伯家的苔丝》的作者托马斯·哈代在很久之前就为我们给出了答案，“假若她没日没夜地自怜自艾，他们也不过说一句：‘她可真是自作自受啊。’但假若她力求欢快，排遣烦恼，他们也不过是念头一转：‘嗨，她还真能挺得住啊。’”

你周围的人如何对待你，是由你自己决定的。

被批评了就躲起来，别人会觉得你活该；你着急反驳，又会显得剑拔弩张。你需要的只是大大方方地出现在人前，该哼歌哼歌，该聊天聊天。

只有当你忘了自己出过的丑，别人才会跟着你忘记。

这世界不是只有完美之人才配有舞台，别让羞耻感毁掉你的成长。

你最欣赏的性格是什么样的

文 | 第四条鱼

1

以前支教的时候，班上有一个贫困生。当时那个男孩子只有12岁，爸爸去世得早，妈妈跟别人跑了，他和年迈的奶奶相依为命。

他每天一起床，就得先做农活，然后挑水做饭，之后才急匆匆地赶去学校上课。放学后他又要去放牛、割草，把家里的事情都忙完后才能写作业。

一个十几岁的孩子，身体都没有发育好，却要和大人一样做农活。我曾经看过他割麦子的样子：戴着一个草帽，握着镰刀，一低头几乎就看不见他的人了，烈日炎炎下，他的动作缓慢却坚定。整个画面就像凡·高的《麦田守望者》。

这个孩子成绩特别好，当时学校有两个数学竞赛名额，我把他报了上去。去市里考试需要一天时间，中午吃饭的时候，我看到他拿着两个干馒头就着白开水在那吃，就把他带去餐馆吃饭。我点了几个小菜，他却迟迟不动筷子。

我问："你不饿吗？怎么不吃饭呢？"

他支支吾吾地说："我没钱。"

我拍了一下他的头："和老师一起吃饭，能让你出钱吗？快点吃，下午好好考试。"

他感激地看了我一眼，然后才狼吞虎咽地吃起来。城市的一切对他来说都是新奇而陌生的，他兴奋地望着那些高楼大厦和电子屏，仿佛看到了新世界。那一次他发挥得很好，得了一等奖，县里还专门派人把奖状和奖品送到学校。其实也不是特别贵重的奖品，就是一块电子手表，估计也就几十块钱，但他把手表握得紧紧的，仿佛拿到了宝物一样。

这个孩子沉默却不敏感，并不像一般贫困生那样容易自卑。

我去他家做家访，虽然早听闻他家很穷，但亲眼见到的时候还是震惊了。这是一个怎样的家啊！黑黢黢的两间房，满是灰尘和杂物，唯一的电器就是一台黑白电视机，还是搜不到信号做摆设的。他却很大方地给我找了把椅子，然后拿开水瓶给我倒了杯水，像个大人一样招呼我。他的奶奶拄着拐杖颤颤巍巍地出来，说："这孩子从小就懂事，脑袋也聪明，就是命不好，两个大人都靠不住，老师你多照顾一下他。"

面对老人的嘱托，我只能红着脸点头答应，但我自知没什么能力。我也不过是个支教的大学生而已，能改变什么呢？

我只能尽力去教他。我经常对他说，人想改变现状，就要拼命读书；人要突破逆境，就得拼了命去努力。

2

他也确实这样做了。他经常去镇里的书店看书，从村子到镇上，步行要两个多小时。他早上出门可能中午才能到，回来时有时候天都已经黑透了，他却不觉得疲倦，脸上常挂着满足的笑容。

这个孩子有两件事让我印象深刻。第一件事是有个学生被牛顶伤了，大概是那个学生调皮，故意去挑衅路边的水牛，结果牛发狂用角把他顶伤了，伤得特别严重，胸口都出血了。这个孩子看到后，疾步跑过去扯住牛缰绳，将绳子系到一棵树上后，背起那个受伤的学生就直奔村医务所。

结果受伤学生的家长赶过来，二话不说就给了他一巴掌，怒骂说肯定是他没牵好牛才把自己的孩子弄伤的，如果有什么问题要他偿命。

旁边的小孩子连忙为他辩解，说那牛是别人家的，他只是帮忙救人而已。

那位家长讪讪地看了他一眼，却没有道歉，扭过头看受伤的儿子去了。

他的脸都被抽红了。他捂着脸走到门外，然后蹲在地上哭起来。农村往往是这样，没爹娘的孩子好像活该被欺负。

但是后来，他还是会毫不犹豫地去帮别人，因为善良已经刻进他的骨子里。他说他的奶奶经常教导他，要做一个好人，哪怕做好事受了委屈，也不能去当坏人。

第二件事就是村子里的大孩子要抢他的手表。他当然不会给，大孩子就把他围起来打，下手也没轻没重的，他的脑袋和下巴都被打出血了。

有个大孩子打红眼了，拿起一块砖头说：“你到底给不给？不给我砸死你。”

他把手表护在胸前，眼神里满是倔强。

那孩子说砸就砸，砖头砸在他胸口上，他闷哼了一声，疼得都掉了眼泪，却还是不肯求饶。我那时赶到现场，给了那个大孩子一耳光，吼着说：“你想做什么？把你爸喊来！”

那个大孩子还还嘴：“你给我等着，我爸来了打死你。”

我又给了他一耳光。他终于怕了，开始哇哇大哭。结果那个家长赶过来，因为我是支教老师，又是大学生，村民都对我很客气，那家长给我赔了个不是就把孩子拎走了。我把躺在地上的孩子扶起来，掀开他的衣服一看，胸前瘀青了好大一块，我说：“下次再有这种事，你先把东西给他们好了，老师事后会给你要回来的。”

他擦擦眼泪说：“这是我最看重的东西，我不会给他们的。”

我这才想起来，这块电子表是他比赛获得的奖品，是他长这么大赢得的第一份荣誉，对他而言，有着无可比拟的意义。

3

支教结束准备离开的时候，我特意去书店买了几本书送给了他。每本书上我都写了一些话，我并不能给他多少物质帮助，只能尽力给他一些希望和勇气。

7 年过去了，他以镇上第一名的成绩考上了南京大学。他特意给我发了信息，说谢谢我当年的教导。

我只觉得感动，因为我能想象到这个成绩背后的艰辛。他读书时交的学费，每一分钱都是省出来或者借来的；他的每一件衣服，可能都有补丁和线头；而在每一个寂静的深夜，他都会和恐慌不安做对抗，一次次地给自己打气，鞭策自己拼命走下去。

天行健，君子以自强不息；地势坤，君子以厚德载物。

世上只有一种英雄主义，即遭受了不公的命运，认清生活本质后依然能无畏前行。作为一名老师，我感到惭愧，因为我从他身上学到的远比我教给他的要多。

那些闪闪发亮的生物们

文 | 毒舌奶奶cc

前几天有个妹子给我写信，问的是关于“闪亮生物”的事情。大致的意思是说，周围有“闪亮的生物”，自己怎么努力赶也赶不上；“闪亮生物”有时候对自己爱答不理，让妹子很难过，导致她后来只要身边出现“闪亮生物”，就悲从中来，不敢跟她们说话，不敢靠近，自卑地蜷缩在角落里。

怎么说呢，我的少女时代也是异常悲催的。论外形吧，那时候虽然有168厘米的“海拔”，但也有68公斤的体重；论发型吧，我有点自来卷，头发留长了挺好看，可是我妈说头发长影响智商，我那比板寸长一点点的头发，总是以爆炸的姿态盘踞在脑袋上；论穿衣打扮吧，我那两套一模一样的校服可以一穿就是一个月，我也不知道是怎么回事；论才华吧，我3岁学琴，5岁学画，基础是打了一些，可惜我却丝毫没有表现欲（这是摩羯座的劣根性吗），老师让参加个汇演什么的，我恨不得自己挖个洞躲进去；论社交能力吧，巴结老师、跟同学抱团什么的，打死我也做不出来。

我的优势是学习成绩尚可，八卦能力超常。但这并不能够使我成为“闪亮生物”。起码我自己是这么认为的。

一次让我流泪的经历是：我的自行车和另一辆自行车卡在一起了，我一阵乱踹，还是无法把“相爱”的两辆小车分开，所以不得不求助于本班一位男同学。男同学很轻松地把自行车弄开后，另一个男同学说：“哎哟喂，你这是英雄救美啊。”当时，我嫁给他的心都有了；结果我走到5米开外，本班男生的声音幽幽地飘过来——“救丑还差不多。”

为此，我回家对着镜子大哭了一场！

彼时，那些“闪亮”的女同学把情书当草稿纸用的时候，我却是经常把草稿纸当手纸用的悲催货。

你们说，我能不多少有些自卑吗？就像那个写信的妹子一样，被夹在一群“闪亮生物”中的“不明生物”的日子能有多光鲜啊？

也许，“自卑”这种情绪是大多数女孩青春期中不可或缺的部分吧。然而后来我用我聪明的大脑，“顿悟”到了对待自卑恰当的态度！下面就和妹子们探讨一下吧。

第一，坦然面对自卑。

当年别人如果对我说：“你这是自卑作祟！”我一定跳起来和他打一架：“谁说我自卑了！我哪里自卑了！我超级自信、无敌自信！”

但现在，我也只是会扬起嘴角：“对，忍不住自卑了一把。怎么着吧。”

允许我形而上一下，有时候，生活中还真需要坦然地脑补“存在即是合理”这句话。自卑就跟偶尔的失眠一样，如果睡不着觉就总提醒自己：“糟了呀，睡不着了呀，明天起不来了呀，开会要打瞌睡了呀，约会脸色也不好了呀。”完蛋了，你就睁着眼睛等天亮吧。既然失眠了，就爬起来看书、跑步，失眠未必不是老天对你的赏赐呢！有的人想失眠还失不了呢！

对待自卑也是一样，比如我非要和姚明比身高，和刘翔比跨栏，和孙杨比游泳，我怎么可能不自卑？然而坦然承认在闪亮生物面前的自卑情绪，不说酸溜溜的话来挤对人家，这已经胜过人群中百分之六十的人了——反正我是这么自我安慰的。

偶尔被“高大上”刺激一下后的浑身不爽，大概是个人就遇到过。但好在我还能hold住。

第二，霸气地藐视自卑。

我们这个年龄的小伙伴，大多数都有过“别人家孩子”的童年阴影，就算长大后妈妈再也没有扇过你，你也会不自觉地自扇：“为什么我这么努力还是不如大表姐？”“为什么我垫了鼻子还是没有那个狐狸精好看？”“为什么我苦学英语还是没有英国人讲得地道？”“为什么我再怎么努力学他，他的成绩却总是比我高那么一点点！”

请“妈妈再扇我一次”——让我不要那么执着地和人比！

诚然，人都是活在群体中，难免比比这个，比比那个。但除非你是上帝花一个下午亲手捏出来的，你就算在这个群体里是No.1，到下一个群体里也未必能挤进top10。如果一辈子都在努力超越别人，寻一个“top榜单”上的排名，那活着的意义是什么？

有句话说得都磨烂嘴皮子了：“超越自己。”其实很多人在不断超越自己的这个层面已经做得相当好了。就像那个给我写信的妹子，她减肥成功，保研成功，玩乐器也算玩得不错，但她不愿意颁给自己“超越自己”奖，因为放眼一望，前方还是有那么多“闪亮生物”……

大概妹子需要用平底锅砸一下自己的脑袋——你到底是要做“闪亮生物”的克隆人，还是想过得更像你自己？

其实换位思考，如果我是那个“闪亮生物”，发现旁边有个妹子天天盯着我、模仿我、试图讨好我，我也不爱搭理。就算你最后很牛地超越了我，我也会哼唧一声：“都是学我的呀！”

但如果你活出自己的风格呢？就像当年那个悲催的我……对，你是能收情书，但我能糟践情书啊！对，你是长得有风格，而我也幽默得有风格啊！对，你是三项全能的冠军，但是我能跑个800米就吐啊！

我觉得这不是完全的“阿Q”，这是坦然地接受不完美的自己，然后去塑造更完美的自己。

以自己为参照物，自卑也就偃旗息鼓了。

纵使前面有那么多颗大钻石闪瞎人的眼，你也可以做一颗低调的珍珠，散发着优雅的光芒嘛！你不是碳，偏要学钻石，反倒会失去珍珠的美丽，不是吗？你如果真是一颗长得非常有风格的大珍珠，未必就不如大钻石值钱。而反过来，大钻石也会和你交朋友的。

也许，我们不是不能够自卑，而是不能够沉溺于自卑。

你不要羡慕别人比你白，你不要鄙视自己的黑，没准过两年，人人都要去“美黑”。

你不用那么“有趣”

文 | 那 夏

一夕之间，“有趣”似乎成了一个炙手可热的标签。

对一个人褒奖，除了那些关乎外在的溢美之词，更多的时候，你会看见一种千篇一律的含糊说法——“有趣”。

我是不知道这个“有趣”的范畴是如何界定的。但我能肯定的是，“有趣”绝对不是恋爱关系里的灵丹妙药，和“有趣”相比，真诚、理解、包容、协调、同步……这些朴素到丢进《辞海》里便找不着的词，才是我心目中维持稳定关系的秘诀。

我从来不认为我是一个“有趣”的人。

最近我的生活乏善可陈到什么地步呢？睁开眼就是洗漱，洗漱完准备吃饭，吃完饭之后，我会迅速规划好一天的工作，在下午 4 点 30 分之前结束上半段的工作，收拾好健身服，去健身房运动。

回到家后，下半场的工作又开始了。

一天工作结束的时间会由当天的工作效率来决定，运气好的话，10 点前能完成。然后我可能会看书，或者看一部电影。

并没有那么多姐妹们的聚会，每次看到朋友圈的年轻姑娘又去喝酒、蹦迪了，我连羡慕的感情都挤不出来。因为我根本吃不消那种玩法。在酒吧或者 KTV 里熬一宿，往后 3 天，我的精神会持续萎靡。

不用怀疑，我已经不会为了刺激而去透支我身体的幸福感了。

但哪怕是这样的生活，我也并没有觉得无趣。

因为我一直在做自己喜欢的事，注意力一旦集中在想做的某件事上，就很难抽出精力去思考我有没有花工夫变得“有趣”。

有趣对我而言，是创作的过程，而不是一句漂亮的恭维话，或一个时髦的标签。

还记得前两天趁着假期，我和几个朋友去参观一个朋友的新家。大家一进门就被吓坏了，墙是一整面的镜子——用来跳爵士的。客厅既没有沙发也没有电视机和茶几，只有一张巨型桌子，她解释是用来写毛笔字的。

我们观摩了一下她的书法，摸着良心说，那字写得真不怎么样。她因此被我们嘲笑了一番。

但怎么说呢，我觉得她活得挺有趣的。

不过与她充实的生活相比，她在社交网络里呈现出的自己，却是一个面目模糊到几乎让人记不住的人。她从不晒爱好，也不自拍，但其实她长得挺漂亮的。

“有趣”不应该是一种目的。不是因为我想变得“有趣”而去培养某种爱好，或是选择某种生活方式。而是因为我对某种爱好或者生活方式产生了兴趣，才决定选择它。

要知道，世上大部分的趣味都不是目的，而是刚刚好的结果。

我只想取悦自己

文 | 林小白

1

从小到大，我都是一个乖乖女。父母跟别人谈起我，总会说："她从不让我们操心。"

我并非出生在独生子女家庭，所以从小就知道，有些事是有"潜规则"的。比如，我想吃某个零食，但我会主动把零食让给弟弟，这样父母就会说"姐姐真懂事"；我还会主动要求买便宜一点的自动铅笔芯，做作业不拖延，认真整理自己的房间，就为了能被父母夸一句"真乖、真懂事"。

后来上学了，语文老师在我的某篇作文下写评语："这篇文章辞藻华丽，但我更喜欢你以往的写作风格，这篇有点华而不实了。"于是，我的作文再也没出现过那样文绉绉的文风。数学考试时，明明我很快就把会做的题都做完了，剩下一大堆再看也看不出答案的题目，我想提早交卷，却忍住了，因为老师说过"态度很重要"。

再后来上大学住宿舍，我和室友有些合不来，但为了融入她们，当她们大嘴巴地对某个女生评头论足的时候，我也会干笑两声；她们在看我不是那么感兴趣的《康熙来了》的时候，我也会坐在一旁，和她们一起认真看完。当时的我觉得，只有这样才能让别人感觉到我确实是想融入她们的。

后来的后来，我工作了。第一份工作是电视台的记者，有位同事某天打趣地说："你以后别出镜啦，影响收视率啊。"我听完，愣了一秒，然后微笑着点点头说："嗯。"之后，我还真的是能不出镜就不出镜，就算迫不得已出镜了，也会在剪辑的时候把自己的镜头尽可能地剪掉。

直到今天，我回头看这二十几年，发现原来自己在这么长的时间里都在取悦别人。我始终在担心，别人会因为某件事，或是因为我的不顺从和不合群，而不喜欢我。

2

现在的我当然可以气定神闲地说"取悦自己比取悦别人重要得多"，但5年前的我，甚至更早的我，是无论如何也不会这样想的。

我常跟别人笑谈"我是一个人长大的"。在我成长的过程中，父母参与的部分少得可怜，跟大多数父母把孩子交给奶奶、姥姥管教有所不同，也没有哪个长辈来管我。但不管怎样，身为孩子，最想得到的关注自然是来自父母的。当父母不把注意力放在我身上的时候，我就会想让自己变得更好；就算无法变得更好，至少要变得更听话，这样父母才会对我说一句"真懂事"。所以我上学的时候，特别想戴上"三条杠""两条杠"，特别想成为第一批戴上红领巾的人，第一批入团、入党的人。因为只有这样，我才有足够多的理由让父母注意到我。然而，每次都事与愿违。

直到3年前的一天，我母亲对我每次旅行都是一切决定好后才告知她而感到不满，她让我的父亲来跟我说"你不能这么先斩后奏"的时候，我才意识到，我好像很久都没有刻意取悦谁了。

3

我的叛逆期来得比较晚。在十几岁的年纪，我的叛逆被“顺从、取悦”取代了。即便我在很多个深夜都产生过要离家出走的念头，但天一亮，我又是那个文科有天赋、理科差到家的中学生。

即便到了大学，与室友不和一度激发了我强烈的叛逆心，我也只是在QQ空间里写了一些有的没的，并没有到让我马上打包行李搬出宿舍的地步。

直到这几年，越来越多的人觉得我做的事情有点不一样了。

比如，我“突然”变得很能攒钱。我完全靠自己，走过了6个国家。我把这些攻略整理成心得放在网上，意外得到了很多关注，也引来了不少口水。我也第一次在微博上尝到了被骂的滋味。比如，我“突然”变得勇敢。找不到旅伴，一个人带上三脚架，就去旅行了。我也“突然”变得很会旅行。我喜欢旅行，也很擅长做旅游攻略，所以总能打造一次性价比还不错的旅程。比如，我做成了在旁人看来很难做到的事情，拥有了一些支持者，出了书，在多个平台露脸讲课，还因为爱阅读、会写作而受邀去北京参加了直播。然而，这些事情，都是我不刻意取悦别人后才有的成果。

4

我是突然意识到自己好像为别人活了很久，却没有认真地为自己活过的。

我明明喜欢旅行，旅行花的都是自己的钱。但在我母亲向我表示，她对于我每年都去旅行而不把钱攒起来这一行为的不悦之后，我真的减少了自己的旅行频率和旅行的天数。

我明明很喜欢尝试各种各样的新鲜事物，但在家人说我为新鲜事物花钱都是在做无用功之后，我再次想要尝试一样新事物的时候，犹豫了很久。

我明明喜欢站在台上把一个观点讲明白，但在其他人表达自己想去讲的时候，我就会毫不犹豫地说“好啊”。

我总是不断屈就自己的想法，直到我第一次倔强地一个人去旅行。车上的其他人用不解的眼神看了我 4 天，即便如此，我也第一次感受到做自己想做的事，不顾他人的看法和言论是一件多么愉悦的事。

后来，我就越来越喜欢做自己了。喜欢做手工，就买一大堆材料自己做，不再因为别人的一句“这有什么用”而改变主意；喜欢下班后看书、看剧，就待在家里，不再因为别人的一句“你这个人怎么这么不合群”而担忧。

前一段时间，我的一位非常重要的朋友突然离世，让我更加明白，别以为一辈子很长，有时候，它短到你都无法相信。为了不让自己留下遗憾，为了来这人间一趟是有些意义的，我们至少应该做一些为了取悦自己而做的事情。活得越来越像自己，这可能也是真正成熟的标志。我爱我现在的状态，希望你也是。

喜欢偶像的时候，也留住喜欢的自己

文 | 卢思浩

我人生中遇到的第一个“男神”级别的人物，是三井寿。他对我的影响是如此根深蒂固，以至于前一段时间看《灌篮高手》看到“教练，我想打篮球”这段，外加听到主题曲《直到世界的尽头》的时候，我浑身起了一层鸡皮疙瘩，莫名地想哭。这首歌连同《数码宝贝》的主题曲 Butterfly，成为我歌单里面永远不会删的歌。

后来我开始明白，贯穿青春期的歌最动听。有些歌、有些人之所以会留在你心里，是因为你的故事都藏在了那里。

音乐和漫画，在很长一段时间里都支撑着我。

之所以会提这些，是因为今天听到了一些关于偶像的言论。

不知道大家有没有看过我之前写的一篇文章，大意是我为了追求“女神”去学吉他，可是到头来“女神”也没有理我，不过那时候养成的温柔性格倒是留了下来。就像耳机里的歌一样，外面的世界换了几轮，甚至手机都换了几部，可那些歌倒是一直没变。

我身边有很多人，被别人称为“脑残粉”。我之前写过的余小姐，追周杰伦。她一难过就会听周杰伦的《简单爱》，因为她曾经和她喜欢的男生一起听过。她一个人去看周杰伦的南京演唱会，看到哭。

曾经在青春期听过周杰伦的歌的人，一定能体会她的心情。我很喜欢五月天，虽然很多时候因为忙，不会时时听那些歌，但是温柔的效力，依旧会持续。

我毫不意外，只要陈信宏唱起《温柔》，段子再滥俗，我依旧会感动。这是因为曾经在我的青春里，这首歌伴随着太多故事。

哪个歌手没几个“脑残粉”？太多了，但我相信，大部分的人并不是真的那么“脑残”地追星。他们追星，更多的是为了留住喜欢的自己，是为了给自己的青春一个交代，是为了给自己的故事画上句号。

我相信那些站在台上的人，他们比谁都更希望，支持他们的人是一群有着自己的理想的人。

我也是，我希望支持我们的人是一群有着自己的想法和梦想的人，而我们创作的东西会给你们一点鼓励、一点支持，那样我们就很开心。

那是发自内心的开心。

所以，不要把偶像当成终点，很多人在看完演唱会之后反而更空虚、更寂寞，这样还不如不看，就是因为他们太看重演唱会本身，把台上的人当成了梦想。

喜欢的偶像出了专辑就去买，拍了电影就去看；如果有空就看一场演唱会，但有要事冲突时就做自己的事；有人诋毁偶像，就给个支持的留言，不必非得骂回去。

谁都有自己的冷暖，他们有他们的生活，不要处心积虑想尽办法打探他们的私生活。

你有你自己的生活，他们应该是你向前的动力之一，而不是你心心念念、魂不守舍的原因。

樱木花道精神

文 | 邱汐岩

井上雄彦，在一个没有特技和3D技术的年代，用略微夸张的故事，给所有抱着漫画书和放学回家等着电视里放映动画片的孩子一个做梦的机会。很多像我一样的小毛孩儿，就是从那个时候开始喜欢篮球这项体育运动的。

看完《灌篮高手》这部热血动漫以后，我觉得樱木花道和流川枫简直是地球的南北两极。樱木花道的性格大大咧咧、不修边幅，他属于不良少年，但充满青春热血，敢爱敢恨。初中三年时间被50个女孩拒绝，但是在遇见晴子以后，他迎来了新生，至少这一年，有且仅有这一个女生，没有明确地拒绝他。

如果我们以平常的眼光来看，樱木花道无疑是一个失败者，至少与流川枫相比确实如此。流川枫虽然比樱木花道矮，但1.87米的身高也满足了作为“高富帅”的其中一个条件——高。其次，帅不帅？许多女生说，认真做一件事的男生最有魅力，那么流川枫偏执又努力的性格，加上堪称完美的外表，让他看起来绝对是一个内外兼修的花样美男。再说“富”，在三四天之内因为撞坏车而毫无压力地换一辆新单车，就足以说明他在20世纪80年代的日本绝对是一个有钱人。而且，他想去美国就能去，不用在乎奖学金和GPA。另外，上中学的流川枫就能穿着Air Jordan4水泥灰篮球鞋；而樱木花道只能靠讹球鞋店的老板才骗到一双球鞋。

小的时候，我很羡慕流川枫，因为他能换单车骑，可以穿好看的球鞋，可以打自己喜欢的篮球，并且上课只需要睡觉即可。但是，时间久了，随着自己渐渐长大，我慢慢发现，樱木花道的精神才更加可贵。

我跟他一样，打篮球入门晚，上高一后才正儿八经地开始打球，靠着抢篮板来刷自己的存在感。

樱木花道是一个乐天派，他活在自己的世界里，觉得自己不输给任何人，每天给自己打鸡血，告诉自己“我是天才”。他有一头天生的红头发，性格大大咧咧。这样的男孩儿值得每个人用欣赏的眼光去看待他的内心世界。

说到内心世界，在日本的热血动漫中，作者都会给主角做一个这样的设定：经历无数的故事，从一个“单细胞乐天派”变成一个“单细胞但有责任感的乐天派”，最后变成一个“单细胞不仅有责任感还有上进心的乐天派”。无论是《灌篮高手》还是我最爱的《龙珠》，抑或是《火影忍者》和《海贼王》，主角都是如此。

樱木花道给我的感动正在于此。我印象最深的有两个场景。第一个场景是流川枫和樱木花道在更衣室里发生争执的场景。论球技，那时候的樱木花道肯定与流川枫无法相提并论，但在樱木花道的眉宇间，可以看到想要把球队扛在肩上的精神。第二个场景则是樱木花道独自跑到大阪参观全国大赛球队训练的场景。一次偶然的机会，他和一个叫森重宽的名朋工高的球员“擦肩而过”，对于他来说，这是一次猛烈的撞击，无论是内心还是身体。那个眼神，也许是“无脑单细胞乐天派”第一次表露出一种由于对手过于强大而产生的忧虑。

热血动漫带给一个人的感动不仅仅体现在青春、理想和积极乐观的态度上，更多的是让人看到主角的成长。一株小树苗长成一棵大树，自己养的小奶狗变成一只可以看家护院的“忠犬八公”，父母看着自己的孩子从婴儿到结婚生子……这些成长都是令人感动的。所以，樱木花道带给我最大的触动，就是一个小人物在生活中不断地成长。

成长更多的是内心丰盈，而不是外在获得了什么。每个人都是一个独立且不一样的主体，如果我们按照社会上一般的价值标准来打造自己，只会让自己成为现代社会人才培养流水线上的一个产品。因此，以内心为轴的发展，才更具有特色。

我小时候喜欢流川枫，因为他身上具有所有男生梦寐以求的特质，而成长于我而言，便是发现并学习樱木花道身上的那些优点。

在真正喜欢篮球、懂得篮球的人眼中，樱木花道算不上一个大明星。他打篮球入门晚，缺乏进攻技巧，除了爆棚的身体天赋，似乎别无长物，早期仅有的一两次精彩扣篮还被判为进攻犯规。在球场上，他一直做着防守和抢篮板这样的“苦活”“累活”，可是他依然有拼劲和干劲。这种与人们普遍的价值观格格不入的基调让人明白：这样的小人物往往会让人心生敬意。

从开始到现在，篮球对于我而言，都是一项美好的运动。尽管我和樱木花道一样，除了抢篮板和防守也不会其他的——“小人物”上篮和投篮似乎总会让人觉得不靠谱，但是我们都一样热爱着这项运动。从头到尾，我在篮球上获得的东西远远不及在学业和工作中获得的，但正是这样一项美好的运动让我懂得，即使我们在某些方面予取予求，也总会有些薄弱的环节让我们一筹莫展，但是不管怎样，只要我们很快乐就足矣。

我们未必能像科比、詹姆斯那样具有非凡的身体天赋、出色的篮球敏感、羡煞旁人的篮球智商，也未必都能成为巨星，但是对这项运动单纯的热爱便是我们快乐的源泉。甚至有些人一辈子都打不好篮球，但他们依然热爱篮球，依然会执着地看 NBA、买篮球鞋，这是一段不需要理由就可以让自己开心的岁月。

如果说流川枫代表的是一段完美的人生，那么樱木花道则代表了一段更纯粹的篮球时光。我们不能因为能力欠佳就丢掉理想、丢掉责任心、丢掉团队，我们要告诉自己，无论我们的水平多么有限，我们的心中始终有胜利、有伙伴、有追求。

用一个名字，铭记一段青春

文 | 阿 随

1

最近，微博上有一个话题：你一直在追的偶像是谁？我下意识地就想到了周杰伦。从我上初一开始，一直到现在，十几年过去了，当有人问起“你的偶像是谁”时，我总是会说“周杰伦”。

喜欢他的人都知道，虽然他没有开通微博账号，但微博上从来不缺少他的故事。可以说，他早已成了一个时代的标志。他的音乐也陪伴着很多像我一样的人度过青春，当我们提起青春时，永远无法撇开周杰伦的名字。

我第一次听周杰伦的歌，是在初一那年的深秋。

经过几个月的磨合，我和室友们都已经适应了住校生活，彼此之间的关系也变得亲密起来，不管是吃的还是玩的，大家都会分享。记得那天风很大，回到寝室时，我衣服上的帽子里不知道什么时候落进去一片泛黄的树叶。我拿出来准备丢掉，室友阿曼赶紧阻止了我。

“你看它像不像《东风破》里那片将故事染色的枫叶？”阿曼兴奋地说。我却一脸蒙：“《东风破》是什么？哪来的枫叶呀？”

阿曼看我一副迷茫的表情，二话不说就爬到床上，拿出放在枕头底下的手机，点开音乐App，小心翼翼地把一只耳机塞进了我的耳朵——没错，就是那首《东风破》。

因为周杰伦不标准的发音，我刚开始听的时候并没有注意歌词，只是觉得旋律很美，直到副歌部分唱起“谁在用琵琶弹奏一曲东风破，枫叶将故事染色，结局我看透”时，我才瞬间明白阿曼为什么会在意那片外形像枫叶的落叶了。

十三四岁的孩子，尚未真正经历过离别，那些可以下酒的故事也都还没有发生。可偏偏就是在那个懵懂的年纪，我们都喜欢上了一首关于离别的忧伤歌曲，还有唱那首歌的周杰伦。

那天晚上，我和阿曼缩在一张床上，每个人的耳朵里塞一只耳机，把那首《东风破》听了无数遍，最后因为实在抵挡不住困意才睡了过去。第二天醒来，发现手机已经没电了。

那晚之后的很长一段时间，我和阿曼因为有同一个偶像，一直形影不离。后来升到初二，我们被分到了不同的班级，教室差着一层楼，寝室也分别在东西两边。刚开始，我们还会彼此约着一起吃午饭，晚自习放学后一起回寝室，后来我们各自有了新的朋友，不知不觉间，两个人再也没有凑在一起，每个人的耳朵里塞一只耳机，单曲循环播放周杰伦的歌了。

2

曾经有朋友对我说：“有共同爱好的人，会有相互吸引的气场。”说这话的正是我中学时的另一个朋友周周。她姓周，因为特别喜欢周杰伦，所以就给自己起了这样的小名。毫不夸张地说，因为她姓周，所以我还羡慕了好长一段时间呢！跟自己的偶像同一姓氏，是多幸运的一件事啊！

周周喜欢周杰伦的方式很霸气，除了给自己取小名，她还学会了周杰伦的每一首歌。在课间休息时，在宿舍里或者在食堂吃完饭洗饭盒时，我们都能听到五音不全的她优哉游哉地唱着那些熟悉的歌。虽然有时我会故意嘲笑她，说她毁了偶像的歌，但内心是羡慕的。那时候的我始终无法像她一样，随心所欲地去做自己想做的事。我用乐观开朗的外表，掩饰着内心深处对外界的敏感和不自信。

就这样，到了 2008 年，当大家都在为北京奥运会欢欣鼓舞时，一首《北京欢迎你》久久地回荡在校园里。

娱乐圈的很多明星都参与录制了这首歌，唯独不见周杰伦的影子。说真的，每当同学们唱起《北京欢迎你》时，尽管我也很喜欢它的旋律，但还是会有点失落。

“放心好啦，我伦一定会用自己的歌声助阵北京奥运会的！”周周在说这话的时候，满怀期待的眼神让我羡慕。她永远相信自己的眼光，而我总是担心希望会落空。

果然，当我们终于熬到了两周休息一次的周末时，我和周周在学校附近的网吧里，听到了那首《千山万水》：“千山万水，无数黑夜，等一轮明月。梦的边陲，风吹不灭，从不感疲惫……梦与希望在飞，我向前去追，有目标就不累，等着我超越……”

此刻，当我打下这些歌词的时候，不知旋律已在我脑海中回荡了多少次。方文山的歌词配上周杰伦的曲和嗓音，一切都恰到好处，完美得让人心醉。

周杰伦从来不会让人失望，这首《千山万水》后来跟随“神舟七号”

一起飞向了外太空，在宇宙中循环播放。“神舟七号”返回地面后，这首歌的曲谱也被相关博物馆珍藏。而在我们的小小世界里，与那首歌一起被珍藏起来的，是对未来的期待和对梦想的信念，就像歌里唱的那样：“做好准备，这一回，起跑后绝不撤退。”

3

《千山万水》陪伴我完成了阶段性的梦想，当我终于在大学读了自己喜欢的专业时，我的人生逐渐展露出了它美好的一面。

二十来岁的天空总是晴朗的，时光在指尖轻轻溜走，四季的更迭也不再那么漫长。围绕在身边的美好也同样掺杂了一些伤感，带我初识周杰伦的阿曼，在一次又一次的分离中早已失去了联系；和我一路狂奔到网吧下载周杰伦新歌的周周，因为没有了相同的生活圈子也逐渐疏远。但值得欣慰的是，每年周杰伦发布新歌的时候，我们还是会相互分享作为歌迷的喜悦心情。

我们常常说，喜欢一本书是因为在那本书中看到了自己。其实喜欢一首歌也是如此。或许那首歌里没有属于我们的故事，可谁又能说那旋律中没有属于我们的情绪呢？就像初一时喜欢的那首《东风破》，彼时的我们尚未体会过离愁，可谁的人生没有离愁呢？它早已根植于我们的生命中，在离别时，会渐渐升起。

在青春期的某个阶段，总是忧伤多过快乐，那时的我喜欢周杰伦的慢歌，《发如雪》《兰亭序》《青花瓷》……这些带着浓浓中国风的歌曲，一度被我视若珍宝，尤其是旋律中或浓或淡的伤感，总是能和我当时的心境完美契合。

当生活中逐渐有越来越多的光照进来时，因为一首《以父之名》，我突然爱上了周杰伦的快歌。因为节奏快，四五分钟的时长里也能容纳下更多的歌词了。对于我们这种偏爱文字的文科生来说，抛开周杰伦的发音，认真看歌词，绝对会有意外的惊喜。

那时我有一个厚厚的笔记本，像无数追星女孩一样，我在本子的每一页都贴上周杰伦的贴纸，然后用自以为漂亮的字体，虔诚地抄下他每一首歌的歌词。没有心情学习的时候，我就把本子拿出来，随便翻开哪一页，看着文字，熟悉的旋律便在心底流淌开来。

那个本子一直都在，上面的贴纸很多已经脱落，留下泛黄的痕迹。最近一次在上面写字，是在去年5月份，那首任性的《不爱我就拉倒》发布后的第二天。当我在本子上写下那些傲娇的歌词时，我不禁笑了起来。

现在的一切都刚刚好，没有惊天动地的喜悦，也没有过去那些莫名的忧伤。当娱乐圈一个又一个明星的“人设”崩塌的时候，我在青春期一直喜欢的周杰伦却活得让我越来越骄傲。有一天，我突发奇想，针对“你一直追的偶像是谁”的话题，发了这样一个帖子：如果你问我用什么铭记青春，我会说用一个名字——周杰伦，因为我的青春充满了他的音乐，每当旋律响起时，我就可以看见青春时的自己。

在我们的生命中有无数我们舍不得丢下的瞬间，而要铭记它们，有时候简单到只需要一个名字！

童话不是骗人的

文 | 马亚伟

小时候，我是那么喜欢童话，花草会唱歌，鸟兽会说话，大海里有美人鱼，天上有天使，森林里有多姿多彩的舞会，夜空下有金碧辉煌的宫殿，每天都上演着动人的故事……

那些童话总是温暖光明的，像阳光照进我的心田。童话里，正义总会战胜邪恶，美丽总会打败丑陋，好人一定会有好运，坏人一定会受到惩罚。童话里，丑小鸭能变成白天鹅，灰姑娘能遇到王子，只要你积极向上、心存美好，一切皆有可能。

童话像一个醒目的风向标，牢牢地竖立在孩子的心中。随着年龄的增长，当我们有足够的力量时，总会去寻找某一个心愿的起点，兜兜转转，我们找到了那个风向标，然后沿着它指引的方向，一路前行。

一个朋友说，她的一生都受到“灰姑娘”的影响。她出身一般，相貌也不出众，但是她总对自己说：“我一定要让自己变得好点，更好点。只有这样，才能被王子青睐。”多年后，她出落得气质优雅、谈吐不俗，尤其是一路走来收获的骄人成绩，更为她增色不少。当年的灰姑娘终于绽放光彩，她不仅赢得了爱情的“王子”，也赢得了事业的“王子”。

一位同学受到“丑小鸭”的影响。上小学的时候，他又瘦又矮，腿上还有疤，因此总被同学们嘲笑。每当此时，他就想起“丑小鸭”的经历，他对自己说：“总有一天，我要变成白天鹅！”生命中的轻视、嘲弄和鄙夷，丝毫没有让他的心灵变得灰暗，相反，他让童话的光芒照进心里，反而为他增添了无穷力量。如今的他，从名牌大学毕业后，从事科研工作，事业和人生都充满阳光。

“生活本身就是童话。”如果你肯努力，就能用自己的经历书写一个生动的童话。这个童话一定是温暖的、光明的、正能量的。童话的魅力，在于它永远把希望展示给我们看，永远不会让我们陷入绝境。

可是，有些人长大了，竟然说：“童话都是骗人的！”这句话，恐怕是世界上最冷酷、最无情的一句话，把所有的美好瞬间撕碎了。长大了，你或许没能拥有童话般的生活，但能因此就怀疑童话吗？

童话不能给我们未来，未来要靠自己去创造，童话只是给了我们一个指引。即使身处困境，也能感受到希望在召唤，你的心就永远不会孤单寂寞。

气场

文 | 红肚兜儿

十几岁时，伙同年纪相仿的女孩子出去玩，出门前被大人教导："在公共场合不可以大声喧哗，惹人注意！"我们窃笑着互相偷瞄，让那话左耳朵进、右耳朵出。

果然，我们一出家门就叽叽喳喳起来，夸张地大笑，像猫被踩了尾巴一样尖叫，大幅度地甩头，毫无顾忌地高跷着二郎腿。我们穿梭在游戏厅、服装店和冰激凌店，越是有男孩在场的地方，我们越是像提线木偶一样姿势怪异。

像花苞一样娇羞的妙龄少女？哦，那是老一辈人的记忆了。但十几岁时，直被心中那股异性相吸的冲动搞得不知所措，并不知道怎样做才能真的讨男孩喜欢，好让他们热辣辣的目光投过来，让他们斜倚在摩托车上，坏笑着要你的电话号码。只会不得其法地大肆制造动静，人来疯似地吵闹，把自己打扮得像一只奇异的外星生物，紧绷绷的皮肤裸露，挑衅地望着那些同自己一样不知所措的男孩。

长大后回头想想，才觉得惨不忍睹。少年心中，没有关于气场的概念，不懂得那种无声无息吞没一切的力量，也完全不能掌握那种不动声色的放电技巧。电影里的大美女一出场，艳惊四座，周围鸦雀无声，也只是因为她好看吧？

青春的荷尔蒙散尽后，才知道，气场是终极的魅力武器。见过一位歌剧女演员，目光锐利，声音低沉有力，她一落座，就像一个硕大而炽亮的聚光灯，让其他人都变成光线微弱的手电筒。她慢慢地说话，打手势，语句中间的静默空隙，填满人们的目光，她一说话，就令其他话匣子全部自动关闭。那是第一次体会到气场的魔力，一个人强大的吸引力和震慑力，原来与外形并无多大关系。

陆续遇见过一些有气场的人，他们统统话不多，但眼神和姿态令人不可抗拒。他们懒得说废话，总是简明扼要、一语中的：安慰你时，一句话就能让你眼前忽然闪现一道阳光；而要刺伤一个人，他们也能用最简短的语句，一下子扎破你的壳。他们不争强好斗，因为不需要，他们沉稳得像一潭深不见底的湖水。

太年轻，气场都是装的，稍有点儿风吹草动，就咋咋呼呼。生活之路，少走一段，少迈一个坎，少流一滴泪，少伤一次心，少摔倒一次，气场都不会淬炼得那么强。得有多少经历压在心里，说出话才那样云淡风轻；得有多少故事压在心里，才能有那样的微笑。曾被多少复杂缠绕过，才能长舒一口气，那样简单地活着。

“台上一分钟，台下十年功。”虽是老话，但它和气场的形成，是一样的道理。

你好，好奇心

文 | 陈 果

这个世界上我最害怕两样东西：第一，我害怕有一天，我不爱这个世界了，不爱生活了，我害怕我丧失爱的能力；第二，我害怕我的灵感枯竭，所以我每次上课之前都非常紧张，我担心灵感抛弃了我，我担心我站在讲台上的时候，只是一个单纯的传声筒。

直到有一天，我发现只要我偶尔看一些书、看一些电影的时候，偶尔在学校里面旁听一些别的老师们讲课的时候，偶尔跟我的同学进行交谈，他们的一个问题，他们的一个表情，或者在他们脑海当中浮现的一丝念想，突然间让我感觉到有意思、好玩，进而引出我的一大串问题的时候，我就知道灵感永远不会枯竭，因为我的内心深处有那么多的好奇心。

世界上所有伟大的东西，就像在人类文明史上开出的一朵朵优美的花。但是你要知道，这一切优美的花，都来自“好奇心”这颗种子。你的内心在想到好奇心的时候，出现的第一幅好奇心的肖像，就是一个问号。

什么叫好奇心？好奇心就是对这个世界感到新奇，好奇心代表了一串问题，即便只是一串小小的问题。好奇心还有第二幅肖像，那就是小孩子，我们大人觉得不值得一碰的脏兮兮的泥潭，小孩子却会满怀着好奇心在里面打滚，而且是那样的快乐，我们大人已经忘掉了这种快乐。

对于我们绝大多数人来说，好奇心在我们的生命当中过早地夭折了。为什么小孩子总是拥有那样强烈的好奇心，为什么我们大人没有？是因为小孩子对生活没有企图，没有目的，毫不功利。所以你会发现在我们的生活当中处处能见到快乐的孩子，很少看到不开心的小朋友，但很少能看到开怀大笑、无忧无虑的大人。

孩子跟大人真正的不同就在于，世界对于孩子们来说是灵感的源泉，世界对大人们来说堕落为谋生的渠道；世界对孩子们来说是有趣的，对大人们来说是有用的。对孩子们来说，世界是他们真正热爱的。

我曾经跟我的学生分享过一句话："只有当你热爱生活，生活才有可能真正热爱你。"我们很多时候觉得好奇心好像在日常生活当中不会带给我们现实的好处，但是你要知道，能让我们终身快乐的，恰恰是那些没用的东西，能让人类的文明显得如此灿烂的，就是那些没用的东西。

前段时间我跟一个画画的朋友聊天，在他的画室里有一本照片集，名字叫作《珠宝》，让我惊诧的是，里面没有一张照片是关于珠宝的，所有的照片竟然都是昆虫。每一只昆虫在微观世界竟然都是那样的美丽，它们身上的花纹丝丝缕缕，人工难以模仿。

我当时就在想，这个取名字的人一定弄错了，它怎么叫《珠宝》，它应该叫《昆虫集》。但后来转念一想，这就是我们庸俗的地方，那些确实是珠宝，经过自然之手精雕细琢的"珠宝"。它们是世界上最独特且无法模仿的珠宝。

于是我就想到时尚服饰设计师们，比如说香奈儿的山茶花，那就是自然界某一朵不起眼的小花。

比如说风靡全球的车型甲壳虫，就来自自然界一只不起眼的小昆虫。甲壳虫车型刚刚创造出来的时候，宣传口号很有意思——甲壳虫车型代表了一种快乐的力量。一个热爱生活的人才配得上快乐。

大家仔细想一想，自从我们度过了童年阶段，我们还有没有用心地去观察过一些自然界的东西？要知道人类的凝望具有一种力量，所以我们不要丢失好奇心，我们应该竭尽全力去保护这棵生长在我们天性当中的神圣而脆弱的幼苗。它不只是对世界的好奇，它代表了对生活的热爱，它代表了对生活始终饱含兴趣、深情款款。

生活处处充满神奇的东西，你要允许一些美丽的意外在你的生命当中像花一样开放。很多时候在看到一些真正美丽的东西之后，人会更加谦虚。

当你接触到一些真正优秀和精彩的人之后，你才知道人生该如何去努力，该如何自我完善。

你的奇异兽长什么模样

文 | 沈奇岚

在玄幻小说中，奇异兽是主人公的标准配置。任何一个踏上漫漫征途的主角，都会有一只了不起的奇异兽相伴。奇异兽可不是宠物，对于宠物，人们只需要喂养，而奇异兽是了不起的小伙伴，是面对强大敌人时可以与主人并肩作战的战友。

在《西游记》中，陪伴唐僧的是一只神奇的猴子（孙悟空）和一只快乐的猪（猪八戒）。整部《西游记》基本上就是关于奇异兽的各种故事。西天取经路上的妖怪，如果有厉害一些的，也往往都是神仙们的宠物。

在外国小说里，珍禽异兽也是主人公的重要装备。哈利·波特就有一只漂亮的猫头鹰做自己的小伙伴，让当年刚刚上中学的我羡慕了好久。

其实我们每个人都有一只奇异兽，它从小就跟着我们，它的模样是由我们自己来决定的。我们的奇异兽有一个共同的名字，叫作好奇心。

一开始的时候，它们长得都差不多，都是萌萌的小动物，然后不同的人就会培育出不同的奇异兽。有些人的奇异兽很温和，像小白兔，它们会和主人一起看花花草草；有些人的奇异兽有些调皮，就像小猎犬，它们会让主人玩水枪、踩蚯蚓；有些人的奇异兽非常凶猛，就像大狼狗，它们会带着主人到处乱跑。

这只奇异兽对其他人都是隐形的，只有我们自己看得见。当我们独处的时候，当我们感觉无聊的时候，当我们想对世界发表意见的时候，“叮咚”，这只奇异兽就会从我们心里跑出来，和我们对话。

当我们看见一个有趣的人时，奇异兽会悄悄地对我们说：“那个人多可爱啊，去和他打个招呼！”当我们发现一个好玩的地方时，奇异兽会悄悄地对我们说：“下午一起去玩吧！”

“为什么夜晚会有星星？”“宇宙的尽头到底在哪里？”“为什么一想到隔壁的小妹妹，我的心跳就会加快？”“电影里的那个大侠好厉害，我也想学他的功夫！”……奇异兽的心思很奇妙，它一直在提问，从不疲倦，也不休息。它最喜欢的事情是探索未知，最讨厌的事物是重复和单调。

悄悄告诉你们，我的奇异兽是一只小鹿，它喜欢各种新奇有趣的故事。

在我很小的时候，当我走到一个书架前，它就会跑出来，告诉我：“这个书架里有一些特别有意思的东西，要不要跟我一起去看看？”于是，本来要拿《数学题大全》的我，取下了《基督山伯爵》。厚厚的一本，我看得不忍放手。那个精彩的世界里有冒险，有寻宝，还有人性的光芒，那是我喜欢的世界。后来小鹿长大了一些，它告诉我：“你可以自己去找这样的故事啊！”于是，我就开始寻找自己感兴趣的人和事物，采访他们、写下他们，这成为我中学和大学时代最喜欢做的事情。我的奇异兽增加了我的好奇心，带领着我走上了我热爱的写作道路。我的小鹿热爱花草盛开的森林，那里是人的心灵世界。在那里，我阅读着，也书写着一个又一个故事。

如果你把你的奇异兽当作狼，它会带你冲锋陷阵；如果你把它当作兔子来养，它会为你找到最好的胡萝卜。

我有一位朋友，他的奇异兽是一只霸王龙。霸王龙凶悍无比，对所有的事物都必须有绝对的了解和控制。所以，这位朋友从小就爱拆东西、做实验，在物理、化学方面颇有建树，如今正在美国留学，研究隐形衣。在美国，可以做的疯狂实验太多了，他的霸王龙当然越来越开心，越来越生龙活虎。

我们总以为奇异兽会一直跟随着我们，直到天荒地老，就像武侠世界里的故事，一人一雕，纵横江湖。可惜现实世界比较残酷，它对奇异兽非常不友好。我们在平日的生活里，总有一些角色需要扮演，比如认真读书的学生、好好吃饭的小孩。我们的时间被作业和考卷占据，在伏案做题的时候，我们只能把奇异兽晾在一边。有时候它冒出头来问几句，我们就不耐烦地挥手说："去去去，回头再说。"

奇异兽也是有脾气的，当它们失望透顶时，它们就会离开主人。现实生活中的大多数人，失去了他们的奇异兽。他们顺利地读完了初中、高中和大学，做完了规定的作业，完成了规定的任务，成为标准化的人才。然后他们顺利地工作了。唯有当黑夜降临时，他们突然发现包围自己的是无尽的孤独，那只可爱的奇异兽早已离自己远去。没有好奇心的日子非常漫长和难熬，他们的生活中，只剩下他人布置的各种作业，自己心里所希望的生活却迟迟没有到来。

人若失去了可以带路的奇异兽，就永远无法抵达理想的彼岸。

当我们还小的时候，我们必须好好保护自己的好奇心——那些还没有长成的奇异兽，会被外面的世界排挤和训斥，甚至被放逐。可是，只要它们还在，只要它们重新获得了充裕的时间，总有一天，它们会带着我们去最奇妙的世界。

你看到了什么

文 | 张君燕

在美国曼哈顿的史岱文森高中，举办了一场关于“预防校园枪击”的公益讲座。讲座开始后，加西亚教授首先给大家播放了一个视频。看了片刻，台下观众开始窃窃私语：是不是播放错了？这哪里是关于预防校园枪击的，分明就是一个爱情故事呀！看到大家疑惑的表情，加西亚教授按下暂停键后问：“你们看到了什么？”

“男孩子在图书馆看书，因为无聊就在桌子上写了一句话。”

“第二天来到同样的位置后，竟然发现有人回复了他的话。”

“于是，男孩子就在桌子上和神秘人你来我往地聊了起来。”

“男孩子开始观察校园里的同学，猜想哪一个女生是和他互动的那个神秘人。”

“还登录社交账号，想要找到蛛丝马迹。”

“没想到在放假前，填写留言册时，一名可爱的女生认出了他的笔迹，原来她就是那个神秘人。一段美好的邂逅要开始了！”

台下众人纷纷发言，讲述了自己在视频中看到的情景。是的，这看起来确实是一段美好的校园恋情故事。面对众人的疑惑，加西亚教授没有说话，而是示意众人安静，接着按下了播放键。

视频中，男孩子和女孩子正在开心地交谈的时候，背后的门突然打开了，一个人把提着的袋子重重摔在地上，然后从袋子里掏出了枪，对着教室里的学生射击起来，现场顿时一片尖叫……

“学校的保安呢？为什么要放可疑人员进来？治安问题是校园枪击案的罪魁祸首！”台下观众都激动起来。

加西亚教授冷静地说：“实施枪击案的这个人，其实是这所学校里的学生，而且，刚才他在视频里出现了很多次，只是没人注意到，我们都忽略了他。”

台下众人面面相觑、一脸茫然，都表示完全没有留意到这名学生呀！加西亚教授按了重播键，并一一指给众人：“当我们看到男主角在写字的时候，背后有一个男生在看枪支杂志；男主角兴奋地读回复时，斜后方这个患有社交障碍的男生无法与人正常交流；男主角在寻找和他联系的神秘人时，身旁是这个男生被同学排挤、孤立的日常生活，包括他在教室里模仿开枪的手势、在网上看枪支视频、社交账号上他拿着枪的照片等等镜头，都被人忽视了，没有一个人留意到！”

“其实，视频中这个枪击案凶手的所有行为，本来都有迹可循，如果我们能及时留意，并加以关注和引导，也许就能避免悲剧的发生。而美国很多校园枪击案里的凶手在枪击案发生之前，都有类似的生活经历，但很多人都忽略了他们，而最后，性格孤僻又被人忽视的他们，选择拿起枪，成为血腥悲剧的主角。”加西亚教授痛心地说，“也许，在日常生活中，我们该时不时地问问自己‘你看到了什么’，比如刚才在看视频的时候。”

加西亚教授发言结束，台下所有人都若有所思地陷入了沉默，似乎明白了很多。

沉默的多数派

文 | 吴梦莉

高三那年，班上转来一个复读生，成绩很好，但性格孤僻，沉默不语时，仿佛冬天的一场坏天气。慢慢地，班上便有了他是乙肝患者的传言，有人扔了他的水杯和饭盒，而其他人则冷漠地躲避着，好像在躲避某种病毒。

可是，少年的神色总是镇静的，我从未在任何一个同龄人脸上看到过这副神色，近似一种目空一切的傲慢。他主动将课桌搬到教室后门的角落，一个人熬过了200多个日夜，直到拿到警校的录取通知书后，才昂首挺胸地从教室前门走进来，当着所有人的面，从教室的饮水机里接了一杯水，然后一饮而尽——近一年来，他被禁止从教室的饮水机里接水。

这个场景长久地留在我的脑海里，光线像刀子一般倒插进瞳孔。

我记得少年苍白的脸色，记得他的背影像一张纸，慢慢地被雨雾浸透，慢慢地塌下来，最后爆发出一场委屈的号哭：公安专业在招生时需要看体检报告，他没有得病。

多可笑啊！没有人看过他的体检报告，可所有人都那样笃定地认为少年有传染病，并心安理得地排挤他，直到事实扇了自己一记耳光，才开始仓皇地辩解，说自己并不知道实情，自己从来没有说过他的任何坏话……

嗯，大部分人都是沉默的，但是，沉默也是一种恶。

在这场“霸凌”中，最可怕的并不是造谣的少数人，而是不假思索地去附和的大众，是自以为公正却没脑子的我们。

小时候，老师总告诉我们，少数服从多数，却忘了说明，多数人是不说话的，他们的口舌只是扩大声音的喇叭。

在写这篇文章的时候，我忽然想起了一件小事。

大学毕业前一天，班级聚餐，直到夜半时分，才昏昏沉沉地散了宴席，我打算回宿舍好好睡一觉。就在这时，一个男生忽然提议，让我们所有人痛哭一场，来纪念这场离别。

起初，这个荒谬的提议遭到了大部分人的反对，然而，等男生关掉几盏灯，并在煽情的音乐下读了一些伤感的句子后，悲伤慢慢地充盈起来：有人掩面而泣，有人抱头痛哭，哭不出来的人也开始捂着脸做出呜咽的姿态……光线幽微，我坐在角落，忽然想起 17 岁那年，那个少年号啕大哭的场景。

每个人都可以发言，同样地，每个人都可能被骗，终至满盘皆输。我们并不擅长这种推理游戏，只能笨拙地附和他人的发言。然而，等到大部分人都采取这种做法后，舆论就变成了一场赌博：输赢全凭运气，就看当时谁说得更动听——不动脑子的发言总是简单的，而大部分人只是在寻找情绪的宣泄口，我们不需要真相。

在网上舆论沸腾的时候，在民意无限膨胀的时候，许多事便成了一场大型的“刻奇秀”，而我们争抢着发表雷同的评论，试图用俏皮话或者辱骂声杀出一片天地，唯独忘了什么是言为心声。试问我们的心里真的还有声音吗？

我遂停下了对外界信息的摄入，不再看五花八门的杂志，不再听絮絮叨叨的广播，不再关注博人眼球的报道，谨言慎行，修身养性。

在夜里翻读《红楼梦》时，时常听见小区的狗吠声，起起伏伏，绵延不绝。其实它们也不知道自己为什么而叫，只是在附和身边的同伴。它们是沉默的。

而我却不想继续沉默下去了。

我是个怕输的人

我以为只要自己跑得够快，就总能飞起来，就像现在说着不想说的话，做着不想做的事，已经气喘吁吁但还是逼迫自己加速再加速，无非是因为前路太远，我怕我松懈1秒钟就会被罚出赛道外，害怕自己脚步一停就前功尽弃，再也没有能力飞起来。

——鲍鲸鲸《等风来》

那个总考第一的孩子，和不曾考过第一的我们，后来都一样长大了，再也回不去争第一的那段学生时光，未来的路，我们是自己的唯一。

——张红岩《那个总考第一的孩子，后来怎么样了》

是谁在翻试卷

文 | 李湘琳

高三的时候，我最怕数学考试。根本的原因，当然是因为数学学得不太好——一直到“一模”之前，我都在艰难地追着班里的平均分。而除去这个根本的原因，还有一个直接而表象的事情最让我胆战心惊，那就是考试途中忽然此起彼落的翻试卷的声音。

翻试卷这件事情大概也是遵从正态分布的。第一个翻卷子的人经常早得出奇，我还在做第一版中间位置的题目时他就哗哗地翻面儿了，清脆的声响虽然划破寂静的教室，但划不出我心中的涟漪。因为那个人天赋异禀，这一点大家早有共识，多少场试考下来也是见怪不怪了。一般不到一分钟后，就会有第二波翻卷子的高人出手，三五个数学奇才争勇斗狠地甩出试卷，其中总有一位动作显得特别敞亮，先是像大风车一样抡起试卷翻面，然后摊蛋饼一样把卷子铺平，快狠准，嘎嘣脆，好俊的一身功夫。

再往后，教室里的气氛就让我开始犯怵了，“哗啦”“哗啦啦”“哗啦哗啦”“稀里哗啦咚次哒次兹儿”。一般当高斯波形的峰值出现时，我还在抠第一面的最后两道题，这两道题要是一眼可以看穿便罢，要是还有点儿摸不出头绪，我心里真是翻江倒海，有时甚至会大脑瞬间空白。杀伤力最大的是某几位好朋友翻卷子的身影，“他也做完第一面了？”朋友 A 君翻试卷的动作往往是压垮我淡定心态的最后一根稻草。

千真万确，当我的心态发生变化的时候，我就会非常不科学地跟风：“好吧，我也翻！”于是尽管还有一两道题空着，我还是硬着头皮开始做第二面。我不知道全班是不是只有一个我这样的二百五，而我确实不止一次干过这种事儿。

在其他科目的考试过程中，我一般不会感觉到有翻卷子这件事的存在，我想它们肯定也是遵从正态分布的，但是因为我心里有底，对别人翻卷子的声音可以做到置若罔闻。你翻，或是不翻，我都坐在那里，不紧不慢。尤其是在考英语的时候，我最有底气，反正最后总要抽时间在草稿纸上画个精致的猪头，又何必紧赶慢赶？

最近，我忽然觉得人生也有点像当年的数学考试：周围的人都在哗啦哗啦翻卷子了，你也会心里着急，恨不得点根烟抽。

其实人生这场考试的特点是，每时每刻都有人在翻卷子，甚至每时每刻都有人在交卷子。以前悠然自得的时候，我觉得人生是英语考试，对周围人的进度我并不关心。看到有人 18 岁大学毕业、有人 25 岁自己的公司上市、有人 30 岁退休，我都不着急，甚至有时候会替他们操心：需要这么着急去画猪头吗？

也许人生是一场奇怪的考试，时而考英语，时而考数学。也许人生根本不是考试，因为考生只有在考试结束好几天之后才知道成绩，而人生结束以后人们已经没有什么想知道的了。

千米花道

文 | 莫小米

考试，又是考试，和梦境里一样。

疾走的笔停在一道5分的小题上，直到过去了很久才无奈放弃。看着大片尚空白的考卷，她手发抖，脸煞白，心跳加速，呼吸急促，大脑一片混沌……怎么和梦境里一样？

铃声响了，仿佛丧钟。同学们纷纷交卷，她坐着不动弹，直到老师催促，她才无奈地想起立。但是可怕的事情发生了，她无法转动膝盖，站不起来，腿和脚好像都不是自己的……一定是个噩梦吧，醒来就没事了，挣扎……

可惜，这次是真的，在高三的一次数学模拟考试中，噩梦上演了。过后，女孩被同学送回了家。

女孩是学校内定主攻清华或北大的优秀生，家长心急如焚，带她找遍专家，无果。最后，女孩坐着轮椅，来找心理老师。

心理老师是我的朋友，事后她向我描述当时的情景："我家门前有个小斜坡，女孩的轮椅怎么也上不来，脸色煞白，呼吸急促。见同学要帮她，我制止了，一定要让她自己上来，这个斜坡并不陡呀。"

"她上来了吗？"

“没有。这样我心里反倒有了底儿，莫非她的手也出问题了？”

心理老师没有说任何话，只是对两位陪同的女生说：“来，扶起她，我们先散个步。”

出门，学校对面是个公园。阳光下，老人在健身；草地上，孩子在嬉闹，小童在学步；花丛里，情侣在酿蜜。一条路，彩色的石子镶出花纹，鸟在唱歌，路两旁开满迎春花、海棠花、玉兰花、樱花、桃花、郁金香……很多人认出心理老师，微笑着和她们打招呼。

“若不是亲眼所见，真难以置信，我还什么都没来得及说，奇迹就发生了，女孩下意识地松开了被搀扶的胳膊，不知不觉中，已经缓慢地独立行走了。这时，我才抚着她的肩，开始谈话。”

“奇迹是怎么发生的？”

朋友神秘地笑着说：“这是我的一个秘方。你知道，那条路，叫千米花道，鲜花和微笑比任何言语和药物都能更自然、更快速地消除阴郁于无形。”

心理老师是幸运的，女孩也是幸运的，不是谁出门都能有一条千米花道。很多人出生、出门，即刻踏上你拥我挤、争先恐后的路，如果因此而惧怕走路，请找一找千米花道。

我是个怕输的人

文 | 闫 晗

微信时代为了吸引流量，总有各种比赛拉人投票。我不太理解那些总在参加比赛的人，有那么强大的内心能一次次拉不熟的人关注、投票，只为了得到一次儿童摄影写真、几个早教课时，甚至一个电水壶。这样的人或许活得很努力吧。

小朋友 3 岁的时候参加小区里的亲子运动会，他不明白规则也不专注于目标，像一只很容易被其他事物吸引的哈士奇。结果自然没得名次，小朋友若无其事，我妈却在观看比赛时一脸焦灼。

我也跟着心情紧张——并不是因为输了比赛，而是因为这件事令我妈失望了——让她失望是让我害怕的事。

社区组织的亲子比赛总是松散，规则执行得不严格，成绩也就谈不上公平，只是凑一场热闹。我妈却认真对待每一次“竞争”，可人生哪有公平的起点和规则呢？

我其实是个非常害怕竞争的人，小时候，我妈教我学军棋，我怕输——表哥输了会哭，被大家当笑话讲，而我也不好意思哭，只能选择不喜欢下军棋。就像电影《垫底辣妹》里说的，其实不是不想赢，都是因为怕输，才装作满不在乎，避免进入竞争。

麻将、保皇扑克、升级，我小时候都会，但不怎么跟家人一起玩，后来甚至有一点厌恶。我妈会嫌我出牌慢，是猪队友。她心直口快，而我被数落肯定不开心，又不便发作。

我不喜欢我们在游戏中制造的紧张氛围。日常生活中很容易伪装成一个平和的人，玩游戏却能暴露性格上的缺陷，平时看起来和气的人都可能变得不可理喻，像《生活大爆炸》里的 Bernadette 一样，一玩游戏就不再温柔甜美，而是充满控制欲，谁都害怕遇到这样的队友。幸好生活节奏加快，并没有时间来玩这些，所以逃避起来理直气壮。

上中学时我曾经参加演讲比赛，但在班级选拔时就输掉了。与我竞争的女孩买了零食分给大家，赢得了更多选票。这在成人世界是常见的手段，我也曾见过大学同学为评一个“先进个人”的荣誉称号，挨个儿给班里的男生打电话拉票。那是一种人际关系的胜利，很有效果。我从此更排斥参与这种竞争，害怕输，也害怕赢的姿态不怎么光彩和好看。

青春期里的我活得有点“丧”，不喜欢竞争又活得紧张，但我并不想怪原生家庭。我妈一生要强，却并不比人强，能做主的只是看什么电视节目，能拼尽全力的不过是一些小事，她女儿却常常让她失望。她有自己生活的局限，却也给了我她所拥有的和她认为最好的。

我也在慢慢调整心态，通过自己的努力去争取一些事情，赢过几次，也就没那么怕输了。怕输，其实就是活得太紧张，总想要完美，想比别人优越。生活里总是会有各种姿势，在过程中有收获就好。

我妈有一天突然发感慨，说我不陪她打麻将、打扑克，还唏嘘自己晚年一定很凄凉。后来，有朋友来家里玩时，我常常主动提出一起打牌，不管跟我妈是不是队友，都尽量照顾她的情绪。她赢比我赢要好，我们都开心。

有时候，游戏也在营造氛围、经营关系，做跳出输赢的人会有更多乐趣，做那个想赢却偏偏蠢笨外漏的最紧张、最不开心。

前不久去见一个家境富裕的女友，我家的小朋友很兴奋地告诉人家他去了海边，坐在姥爷的摩托车上，而姥姥是自己坐公交车去的。

我在一旁听得有些窘迫，因为自己绝不会主动跟有豪车的朋友分享这些。可是，他很开心地讲家里的事情，并不觉得有什么丢脸。

我又庆幸起来：他没有我活得那么紧张，这很好。

没错，我就是个废物

文 | 剑圣喵大师

1

七年前，在一个中德合办的心理培训班里，我有幸在现场见识了德国专家是如何做心理咨询的。其中有件事深深地震撼了我，颠覆了我对心理咨询的认识。

德国专家上了几天课后，提出非常多“脑洞大开”的理论，学员们纷纷提出要专家现场做一次心理咨询，专家答应了。

一位学员扮演来访者，她坐在德国专家面前，说了她的亲身经历，大致内容如下：

A 女士从小不被父母看好，家里重男轻女。她上学后又不被老师喜欢，经常坐在教室的最后面。直到工作后，单位领导也觉得她是废物，把她从教学一线调整到辅助岗位工作。结婚后，老公和孩子一直支持她出来学习。

最后她问专家：“我真的是个废物吗？我如何才能在生活中摆脱这种‘不被人看好’的阴影？”

听完助理的翻译，专家当即回了她一句话。但奇怪的是，助理却迟迟翻译不出来。显然，这几天的课上下来，我可以肯定不是因为她的翻译水平不过关。

大家急了，都在问：“老师说了什么？”助理依然一脸茫然，而且嘴唇紧闭。

专家温和地对助理说了几句话，于是她鼓起勇气对大家说：“没错，你就是个废物！你不要否认这一点，你要接受它！”说完，助理接着说：“老师让我直接翻译。”

现场立马就炸锅了，A女士仿佛受到了惊吓，眼睛睁得大大的，一脸蒙了的样子。

底下的学员纷纷开始议论：

“老师乱说的吧，怎么能这么劝一个人，这不是把人往死里逼吗？”

“这个德国佬不会是个骗子吧，心理咨询就可以这么出口伤人？”

“难道我们不应该发掘来访者的优点，帮助她消除自卑吗？老师这是在做什么？”

专家接下来说了这么一段话，助理此时打起十足的精神翻译：“当有一个人说你是废物的时候，你也许会不甘和愤怒。当一百个人说你是废物时，你需要接受它，这样你才能跳出别人给你投下的阴影。当有一千个人说你是废物时，恭喜你，你重新建立起了一个全新的自己。”

A女士显然没有理解这段话，不仅她，在场的所有学员都不懂，包括我。

这次现场心理咨询不欢而散，不少学员找到培训的组织方，要求撤换掉这位德国老师：“因为他不懂基本的尊重。”

时隔多年后，我才终于了解，在这个被“鸡汤文”洗脑的时代，太多的人把野蛮当作上进了。

2

我非常确信，我们这个世界充满了“自信”的泡沫。

我每天晚上下自习回家，都听见大学生们聚在一起高唱：“我相信我就是我，我相信明天，我相信伸手就能碰到天。”

我打开电视，电视剧女主角的台词让我久久不能释怀，她说：“别低头，皇冠会掉。”

打开微信公众号，文章的标题十分醒目：“瘦下来，世界就是你的！”

看得出，我们的文学、歌曲和影视作品都在为现在的年轻人编织一个童话，这个童话就是你远比你想象中的要厉害。

对世界缺乏了解的年轻人，往往沉迷在“童话家”们精心制造出的泡沫中，对别人产生不切实际的浪漫期待。

但这始终不是一个真童话，童话是为了让孩子能从善良的角度去看待这个世界。而这些假童话，只是为了从你们身上挣到钱，代价是你要牺牲一生中可塑性最高的时间和本可以更清醒的头脑。

在这个凶险的江湖，没有经历过彻底自卑的自信是虚无的。你真的相信 99% 的汗水能比过 1% 的灵感吗？你知道老师为什么要把爱迪生这句经典名言的后半句省略吗？

其实，假如你过去不是那么用力过猛的话，你是能找到那 1% 的灵感的。

3

许多事情点醒了我，让我明白了当年专家到底想说什么。

其实德国专家只是想让 A 女士做到以下几点：

1. 把评价体系从依赖于外界，转化为自身、内在评估。

2. 接纳自己的不足，没必要因为自己的弱点而自责。

3. 消除泡沫式的自信，降低自身期待，停止过度努力。

因为一个人明白自己能做什么远比自己想做什么更重要。“我并不是那么厉害”，是一种尽力而为的勤奋。“我是个天才”，却是一种由任性催生的热情，往往来自对世界的无知。

我如果清楚地知道自己的缺点，就没必要接受你的指指点点。

我承认我自己是废物，不是让我永远走向失败，而是我不愿意在你们的世界里当一个成功者，这样我才真正可能在属于自己的真实世界里变得优秀。

放下，才是真正的启程。

想象失败

文 | 彼得·布雷格曼

大峡谷漂流之旅的第一天，我们挥桨划了好几个小时后，来到了第一个重要的险滩：豪斯岩险滩。

到目前为止，我还没进入状态。这条河比我以前漂流过的河都要大，我有点忐忑、僵硬、无措，甚至害怕。

我自告奋勇地第一个上了，主要是想赶紧了结。在同伴们的注视下，我坐进了皮艇。我的手在抖，试了好几次才把防水裙套上。我慢慢地划向激流，肾上腺素开始在我全身奔腾。进入白水区后，我小心地调整好位置，在距离大浪还有约 30 英尺的地方，我开始拼命划桨，用短划奋力前进。20 米，10 米……

"砰"的一声！一个起码是我一倍高的大浪劈头打过来，把我压倒在艇尾。紧接着，我的艇被巨浪掀翻了，不是东倒西歪，而是来了个底朝天，我一头栽进了水里。我还没来得及考虑做爱斯基摩翻滚，急流就把我拽离了皮艇，拖向水底，我甚至连换口气的机会都没有。最后，被冲下近 50 英尺后，这条河终于放过了我。一位长满胡子的大块头河流向导抓住了我的救生衣，把我拖进了他的救生筏。"大峡谷欢迎你。"他笑着说。我躺在救生筏里上气不接下气，好不容易对他挤出了个笑脸。

当我重新坐进皮艇，我以为自己会更加紧张、更加畏缩、更加僵硬。但是，恰恰相反，我觉得全身都放开了，很舒服、很轻松。我玩了几个爱斯基摩翻滚，肾上腺素没有上升，手也没有抖，这真是个戏剧性的变化。恐惧和不安都消失了，我感到精神抖擞。

我对失败释怀了。在被巨浪击败之前，我已经被内心对巨浪的恐惧击垮了。而在经历了打击之后，我反倒不再恐惧了。一旦经历过失败，不是一般的失误，而是重大的、彻头彻尾的失败，我知道，无论这条河再怎么对我，我都能够应对。事实上，我不只是知道，我更感觉到自己能够应对。我们经常听人说要想象成功，设想自己在某一情境下说话滴水不漏，做事天衣无缝。这种策略有一定的道理，但我在这里要反其道而行之。

让我们想象失败。如果你要进行一场艰难的对话，闭上眼睛，想象一下对话彻底弄僵的情形。设想你自己说错了话，对方面无表情地应答着，你眼看着整件事泡了汤。不要光想，要用心去感受。体会肾上腺素在体内奔流，体会心跳在加速，体会那种失望的情绪。好了，现在，睁开你的眼睛，要知道你已经熬过了最艰难的一段。那场对话多半也不会发展到像你想象的那样糟糕，就算会，你也已经把那些糟糕的感觉经历了一遍。你知道吗？你已经活下来了，还能差到哪里去？

这就是不可思议之处：当你想象失败的时候，你其实在想象成功。你看到自己和失败斡旋抗争，度过煎熬，最终生存下来。这种能力是一种艺术，不仅仅是你成功的帮手，也是你生活的帮手。

被那个巨浪击打之后，我满怀自信地度过了整个旅程。即便在穿越大峡谷中最危险的熔岩瀑险滩时，我也是泰然自若。这就是这条最湍急的河流教给我的。

等风来

文 | 鲍鲸鲸

因为是第一次玩滑翔伞，所以我们 3 个人身后，都站着一个教练指导我们的动作。本来心里就有点儿打哆嗦了，教练的几句话又加剧了紧张的气氛，教练说："一会儿起飞时，一定要身体笔直地跳出悬崖，不要因为害怕而把身体蜷缩起来，一定要身体笔直。不然的话，你一蜷缩身体，伞就撑不起来，你就会挂在那里，很危险。"

我听完更害怕了。谁知道到时候我会不会腿一软，身体就蜷缩起来呢？就算背着滑翔伞，可这也是跳崖啊。

从背上伞的那一刻起，我就开始像复读机一样不停地问教练："什么时候往前冲？什么时候往前冲？我现在就冲吧，别耽误时间了！"教练面对我神经质的催促，从耐心地让我稍等，到面带神秘的微笑不再回答。在我自己都问得有点儿神志不清的时候，教练突然凑到我耳边，很慢、很认真地说："不管你有多着急，或者你有多害怕，我们现在都不能往前冲，冲出去也没用，飞不起来的。现在我们只需要静静地等，等风来。"

"等风来？"

教练点点头："如果想飞起来的话，只有勇气往前冲是不够的。我们得停下来，什么都不要想，让自己清空，只是等风来。”

只是等风来。我知道教练是在告诉我滑翔伞的入门知识，但这“等风来”3个字，却毫无征兆地让我眼眶一热。我突然不害怕了，我突然反应过来了，这么久以来，其实我一直是背着全部身家在路上冲刺的状态。我以为只要自己跑得够快，就总能飞起来，就像现在说着不想说的话，做着不想做的事，已经气喘吁吁但还是逼迫自己加速再加速，无非是因为前路太远，我怕我松懈1秒钟就会被罚出赛道外，害怕自己脚步一停就前功尽弃，再也没有能力飞起来。可是在筋疲力尽两眼发黑的时候，我为什么从来没想过要告诉自己：“等一等，先等风来。”

四周一片寂静，时间像是静止了一样。

教练指着我对面山坡上的树林说：“看着它们，看着树叶的摆动，那就是风。”当树叶摆动的幅度越来越大，发出悦耳的摩擦声时，教练在我耳边轻轻说：“风来了，飞吧。”

我点点头，深呼吸，身体笔直地迎着风冲了出去。我身后，王灿和李热血也大喊着冲了下来。

飞到最高的地方，风变得很大，是实实在在地撞在身上，从耳边呼啸着掠过。我看着脚下的河流、农田和山谷，想象着自己置身其中，会是一个多微小的黑点，肉眼不可见。我张开双臂，想象着自己能把风抱个满怀。不远处，王灿在空中大喊着问我：“开心吗？”

我冲他竖起大拇指，不知道脸上的笑他能不能看到。

“程羽蒙！你的愿望实现了，以后，就做回程天爽吧！”王灿飞到我正前方，转身，笑得龇牙咧嘴地看着我，这样对我说。

在呼啸的风声中，我轻轻地点了点头。

拼一把

文 | 刘昊然

我在泰国拍第一部《唐人街探案》时，是在5月。

在这之前的2月底、3月初，我们已经结束艺考，4月15日发了艺考的榜单，我考得还行。

4月那段时间，我去了专业的补习机构补习，但也就待了一周左右，在那期间算是正式做了一次一模的卷子。因为一模的卷子多半比高考的卷子难，它是负责打压考生们的信心的。当时分数下来还不错，比往年的平均分数线高了许多。

于是在《唐人街探案》即将开拍的时候，我估算了一下，感觉应该能行，只要高考保持一模的分数，应该就能考上。我是那种遇到挑战就会想要去拼一把的人，最初没想到拍《唐人街探案》的时间会和高考前最后的复习时间撞上，当时家人还是比较担心的，也讨论过是否会因为演戏耽搁了人生中的关键考试。但我在下定决心的时候就想好了，我会把高考考好，也会把戏演好。于是联系学校的老师，给我找了一个读研究生的姐姐帮我补习功课，所以我当时是带着卷子去泰国的。

其实在泰国的那段时间，也没有那么多整块的时间可以用来复习，一周也就能完整地各科做一套题。一开始我们的计划都很理想：只要我一收工，老师就能拉着我进入复习战场。但其实并不是这样的，因为一拍起戏来你必须全身心地投入，你要进入人物，要东奔西跑。拍完一场戏之后，要去看剧本，要琢磨下一场戏该怎么拍，而且拍戏的时间也不太确定。

后来我都是等有大段完整的休息时间时，才能静下心来做做卷子，有时候是收工回酒店的晚上，有时候是下午才开工的一天的上午。很多时候，收工之后，宝强哥他们还会下楼去喝一杯，或者去逛逛泰国的路边摊之类的，但我就一直没时间。

那段时间大家也都知道我在一边拍戏一边准备高考，有时候几场戏拍完，导演喊完“卡”之后都会说，大家今天辛苦啦，赶紧回去好好休息吧。但好几次话锋转到我这儿都是：“昊然，你可以回去做卷子了……”

所以，关于那年四五月的记忆，都是夹杂着泰国热闹的红色和明快的绿色，还夹杂着快镜头一般的喜剧片段：大家收工后在路边喝酒、聊天、吃海鲜的时候，我在做卷子；大家在欢乐“马杀鸡”的时候，我在做卷子；好不容易大家能够睡个懒觉的时候我也在做卷子；剧组休息一天，大部队呼啦啦要去庙里拜拜的时候，我还是在做卷子……五彩斑斓又热情如火的泰国，对我来说，撒满了语文、数学、英语卷子。

《唐人街探案》里有大量的追逐戏，也有很多夜戏，甚至连着几场戏都是赶在晚上拍的。印象最深的是，有一次连着拍了7场大夜戏，剧里的每一个人都要靠化妆来遮住黑眼圈。我一边抓紧时间做一张张卷子，一边整个人又像个陀螺一样一刻不停地打着转。

现在回想起来，那年的5月，我是第一次那样大量地工作（同时还在录《真正男子汉》）。我一边被新奇的角色、异域的风光、离奇而疯狂的剧情塞得整个人亢奋得像是打了鸡血，一边见缝插针、尽自己所能地给我的高中生涯交一份完满的答卷。我第一次觉得我整个人都被巨大的已知和未知充满了，也第一次觉得自己把一天能够用到的 1440 分钟的每一分钟，都擦拭得闪闪发光。

我在这个 5 月，好像提前进入了一个高速运转的跑道。我原本以为我得在高考之后，先做个准备活动，小跑热身一下，然后再开始奔跑起来。但生活有时候会有自己的安排。我闲散的高中生活的尾巴，在最后两个月，突然刮来一阵狂风，这是个来之不易的机会，也是场梦寐以求的挑战。

我选择去抓住这些风。就算有时候有些惶恐和慌张，但我想去看看那风上的世界，也想去试试自己是否能够乘风而起。

那个总考第一的孩子，后来怎么样了

文 | 张红岩

我是总考第一的那类孩子的妈妈，有个被人称作学霸的女儿。总考第一的孩子，压力真的很大。因为对于他们来说，名次上从来没有进步一说，只有原地踏步和退步。

所以，每次考了第一，女儿总会故作轻松地对我说："老妈，下次未必是我了啊。"女儿能这么想，我就放心了，因为我也这么想。那么多孩子，每个都值得拿第一，女儿只是其中之一。

女儿在初三之前，其实一直是年级第二。第一是班里的另一个女孩。这个女孩很刻苦，从来不会在每晚 12 点之前上床睡觉。大多数家长是不支持孩子这样做的，没有足够的时间休息，体力和脑力都会不够用。我觉得女儿能保持第二的心态，无疑是最好的心态，高高兴兴"二"到底，已经是很好的状态。

初三第二学期，模拟考试开始了，对于择校来说，模考成绩很重要。第一次模考，女儿破天荒得了第一，她很惊喜。而那个总考第一的女孩当场痛哭。女儿说："她哭得很可怜，我都有些内疚了。"

女儿很不解，自己只是偶尔得了第一，而那个女孩偶尔考第二，就哭得那么惨，还让别的同学活吗？更让大家没想到的是，那个女孩擦干眼泪后，径直走到女儿课桌前，当着全班同学的面对女儿说：“大乐子，我恨你！”

“她怎么会这样呢？”女儿说。女儿不解，我也很诧异。对于学生，成绩固然要重视，但这种重视的方式未免过于沉重了吧。

我有一种直觉，这个孩子可能要永远失去第一了，在别人全力以赴轻装冲刺的关头，她自己元气大伤。每个人都有两个强大的对手：一个是别人，另一个是自己。如果把所有比自己强的人都当成敌人，那么你已经输给了自己。在对待名次这个问题上，这个女孩显然不如女儿处理得妥当。

一次下雨，女儿放学回来，被淋成了落汤鸡。我说：“你不是拿雨披了吗？”女儿说：“我借给别人了。”后来我才知道，这个别人就是“恨”女儿的那个女孩。我故意问女儿：“可是，她恨你啊，你干吗借给她？”女儿说：“她已经不恨我了，她说她只是无法停止对我的嫉妒。”

这年中考，女儿考取了县状元，现在在衡水中学读高一。这里遍地都是学霸，女儿常说：“老妈呀，我觉得我们班同学都是神话！我们班同学的字体都是印刷体！我们班同学都过目不忘！”

第一次学校组织大型考试时，她打回电话：“老妈，你希望我进多少名啊？”我说：“考进前4000名就行。”女儿所在的高一年级大概有4000人。女儿说：“妈妈，你心真大，我爱你，我会做最好的自己。”

做最好的自己！即便我超不过别人，我也可以超越自己。这样的意愿，比单纯地超越别人更有意义。

在和家长的交流过程中，我发现许多人拿高分低能说事。我觉得，在考取大学之前，你必须尊重分数。目前并没有一个更有效且公平成熟的准则，来对学生的能力高低进行量化和鉴定，高考是学生进入高校的必经之路，无论你说你多么有能力都没用，请刷你的高考余额，余额不足，此门不开。

在高考存在的时候，说成绩的坏话，事情只能变坏。在应该努力的时候，去焦虑未来也是没有用的，把握不了眼下，未来你又能如何呢？

不久前，堂哥开着新买的宝马车拉着我和大伯去办事。他示意我看路边一个摆水果摊的男人，说："他是我上小学时的班长，我们班的第一名，当年老师拿他压我，说我胃部以上的器官都白长了……"大伯训斥他道："老师说错了吗？起码人家还能让你认出来，你看看你现在的样子，脖子粗、肚子大，人家认得你是谁啊？"堂哥悻悻地说："我就是没考过第一，但有那么糗吗？"

或许，只有从来没考过第一的人，才会对第一念念不忘。如果考第一的人将来也就那样，或者还不如自己，那当年考第一也没啥好神气的。说到底，还是自己没有摆脱当年不曾考过第一的失落。

那个总考第一的孩子，后来怎么样了？后来的生活会有许多事，还会像分数一样有可比性吗？无论事业还是感情，我们都可能面临成功，也可能遭遇失败：成功时，不必试图从别人的失败里寻找荣耀；失败时，不必因为别人的成功而伤害自己。好和坏，别人都替不了。

你努力了，你做到了，或者没做到，都是你自己的人生，有些比较没有必要。

那个总考第一的孩子，和不曾考过第一的我们，后来都一样长大了，再也回不去争第一的那段学生时光，未来的路，我们是自己的唯一。

经营好未来的唯一，比成绩上的第一更加重要。

中了“学习好”的魔咒

文 | 斌斌姑娘

据说夸一个姑娘，最好是夸她漂亮；如果不漂亮，可以夸她有气质；如果没有气质，可以说她善良；再不济，就说她真健康。很可惜，从小到大，这些美好的形容词都与我无关。大人们见到我，无一例外都会用非常夸张的语调对我爸妈说：“你家小孩学习真好！”然后拉过自家孩子，语重心长地教育道：“你看看人家！”这一刻，从那些小男生、小女生眼中射来的锐利目光中，我就知道自己再次成了不受欢迎的“别人家的小孩”。

“学习好”是一句魔咒，飘荡在我的整个青春期。当然“学习好”不是坏事，可一个姑娘在别人眼里如果只有“学习好”这个优点，个中滋味，一言难尽。

上小学时，性别意识尚处于模糊阶段，我从头到脚基本和男孩子无异——留短发，穿运动服、运动鞋，从来不穿裙子。这种情况在六年级时出现了微妙的变化，有的女孩开始羞羞答答地不上体育课，只娉娉婷婷地站在一旁看着我们跑步。谜底在一节生理卫生课后被揭晓，我突然意识到，我也是个女孩。知道真相的我并不快乐，因为在小学毕业后的那个暑假，我跟着爸爸去商店买电风扇，店家热情地招呼我爸：“你跟你儿子坐着歇会儿，我去仓库给你们拿新的。”

上初中后，我依然是短发，只是偶尔把运动裤换成牛仔裤。那时候似乎有个不成文的规律，越爱打扮的女生学习越不好，如果把“爱打扮”换成“漂亮”，在老师眼里估计也是一样的意思。老师们很喜欢我，总夸我“学习好”。如今回首，感觉有点恐怖。

一天放学后值日，我和一个女同学在教学楼前的一片空地扫地。一墙之隔是一所职业学校，里面的学生年纪比我们大，当然也更“成熟”。几个男生居高临下，把头探出窗户，冲我们吹口哨。那个女同学似乎不是第一次经历类似的事情，还和他们有暧昧的互动。这一幕被40多岁的班主任看到了。在第二天的早自习上，她指名道姓地说：“×××（指那个女同学）值日，都要和别人搞不清楚！”那个女同学小声辩解：“是他们惹我的……”班主任一听更气了：“肯定是你自己招来的，不好好读书，整天不知道在干吗！你看看人家×××（指我），怎么没有男生惹她！”

事隔多年，我早已忘了我初中时拿过多少奖，考过多少次第一，记忆犹新的只有班主任的这句话。我一直想当面问她：“老师，您确定这是在夸我吗？”其实，当时我和班上几个混社会的男生关系也不错，因为我从来不打他们的小报告，还常常把作业借给他们抄。他们对我很客气，不给我取绰号，还尊称我为“好学生”，可是从来不带我一起玩。

到了高中，我留起了长发，偶尔会穿裙子。在我的朋友圈中，都是和我一样中了“学习好”魔咒的孩子，我们有一个共同的目标——干点儿坏事。然而，即便我光明正大地“早恋”，从不参加晚自习，甚至号召全班同学给校长写信，要求罢免不喜欢的班主任，老师们都是睁一只眼、闭一只眼。

每次随爸妈出去聚餐，但凡有我和其他女孩同桌，她们一定会获得“漂亮”的称赞。因为“学习好”永远属于我，不管我之前花了多少时间决定穿哪件衣服。这样的日子，我过了12年，直到来北京念大学，身边环绕着众多国家级的“学霸”，“学习好”终于成了最大的浮云。

在这个当时男女比例6∶1的大学里，在入学不久后的新生舞会上，就有男生向我要手机号。之后的岁月中，虽然你不漂亮，可是会有人夸你可爱；男孩子不再向你请教这道题怎么解，而是会问你感觉这首歌怎么样；连我自己也是第一次知道，原来除了“学习好”之外，我还有这么多的优点：我笑起来眼睛是弯的，我说话很温柔，我懂得真多——名人轶事、历史八卦，我画画线条很爽利，我善于收拾屋子……这才是一个正常的女孩应该拥有的称赞啊！

结束了学生生涯，“学习好”的标签自然慢慢消失，不过据说在我读过的中学，仍然流传着我的故事。相信在这些“90后”“00后”孩子的想象中，我大概是一个只会念书、毫无情趣、长得不怎么样的呆板眼镜妹。借此文，双眼裸视5.1的我想说：“不要被‘学习好’的铁幕掩盖了生命的趣味性，‘学习好’的姑娘也有一颗不羁的心！”

为什么被提问的总是我

文 | 鹿 隐

最近我发现几乎每个老师上课都喜欢提问，有拿着成绩单有针对性地提问成绩极好或者极差的同学的；也有随机抽学号的——“今天3月4日，那就请12号起来回答吧。”刚开始我总是摸不清楚这位老师点名的规律，但经过一段时间的观察与统计，我悟出来了！3月4日意味着老师可以点7号、12号、34号……也有“今天学习钱锺书的课文，姓钱的同学起来说说你对钱锺书先生了解多少……啊？不知道？你到底是不是老钱家的人啊？”或者“今天讲杜甫的诗，姓杜的同学起来回答一下……没有姓杜的吗？那就姓李的吧，李白可是杜甫的偶像呢”。还有很多英语老师通用“This line，go on”的开火车式提问……

我初二的语文老师是一个快要退休的老教师，人送外号“杨老太”。你上课开小差也好，睡觉也好，小声讲话也好，只要你回答得出她的问题，她就微笑着叫你坐下，当作什么事情都没有发生。但如果你答不上来，那肯定要遭殃，杨老太会把手中的课本“啪”的一声扔在讲台上：“什么都不懂，在下面做什么小动作呢？”所以为了避免这种情况出现，如果你不能保证回答得出问题，还是乖乖地听课吧。

还有，每次老师提问某个同学时，下面一般都会有很多热心的“志愿者”喊出答案。在我不太确定的时候，我都会纠结到底要不要报出他们提供的答案。毕竟有些同学喜欢坑人，老师让我回答简答题，他们竟然说“选 C”，安的都是什么心？

所以在听到别人喊答案的时候，我的心理活动通常就是“你说选 B 就是 B 啊？我跟着你说了，那岂不是很没有面子”，接着是“我一定要想出一个正确的答案亮瞎你们”，然后就是“哎，好像 B 是对的，要不我说选 B 吧？可是老师都听见他们讲的了”。最后我深吸一口气，面对老师期待的目光大声说：“对不起老师，我不会。”哈哈，我可是要干大事的人，知之为知之，不知为不知……

我知道有些人脸皮薄，超级不喜欢被老师提问，一站起来就会紧张得什么答案都想不出来。其实并没有多少人在乎你答对还是答错了，很多你觉得尴尬丢脸的时刻，别人转头笑笑就忘了。仔细想想，你还记得前面的某某某上次摔倒的样子吗？你会因为别人答错了一道题就看不起他吗？

好吧,这一段纯属我为我自己上课回答问题喜欢胡扯瞎掰一通找的借口。

每次老师说要提问的时候，大家就会在老师扫视的目光中纷纷低下头。而我总是会在同桌耳边一直念她的名字，让她饱受精神上的折磨和痛苦。一直念一直念，结果，我就被老师叫了起来。

上政治课的时候，我不小心抬头的一瞬间跟老师对视了。老师非常满意地点了我：“第三排戴眼镜的女生起来回答一下。”我在所有同学和老师的注视下，默默地摘下了自己的眼镜，然后用肘部撞同样戴着眼镜的同桌：“哎，老师叫你回答问题呢。”

某次闲聊时，一名同学突然说：“我发现语文老师很喜欢提问你。”噫，好像还真是这样的。

就拿周一来说，我压根儿就没听老师在讲什么。看到课本里的《垓下歌》的时候，我就想起刘邦写的另外一首作品，名字到底是什么，我想了很久都想不起来。我只记得内容是刘邦想立刘如意为太子，却被吕后等人阻拦。面对戚夫人的哭泣，刘邦用这首带有楚辞遗风的作品表达了自己的无可奈何和对戚夫人的情谊。

我想着想着就入了神，甚至一路联想到了戚夫人最后的凄惨死状……所以说意识流这种东西，真的是一发不可收拾。

直到语文老师说"每个人对刘邦与项羽之间的较量都有不同的看法"，我才从自己的世界里醒过来。我心里陡然升起一种不好的预感，这时前桌还转过头不怀好意地朝我眨了眨眼。

语文老师说完这句话，就陷入了沉默，我心里警铃大作。

"现在我们接着看下一段。"语文老师结束了沉默，我的危机也解除了。我既感到轻松又有点遗憾，真是的，害得我白紧张了半分钟。

"这篇《垓下歌》写得太精彩了，把项羽当时的心情表现得淋漓尽致。"她扫视全班，我刚放下的心又悬了起来。

"这篇课文就讲到这里了。"警报解除，我松了一口气。

"那就请一位同学来评价一下项羽跟刘邦吧。"语文老师忽然看向我，虽然我早就有了准备，但还是被她吓了一跳。好吧，手起刀落，给我来一个痛快的，不然我迟早得被吓出心脏病。也许是老师听见了我心里的渴求，果然点了我。我站起来，把我在心中组织了好几遍的答案说了出来。我记得当时说的是："我觉得刘邦胜之不武，项羽输得坦坦荡荡，项羽虽败犹荣。"天哪，我真是太佩服我自己了，居然能想出这么厉害的答案。

有时候我会想："为什么被提问的总是我？"我最喜欢的数学老师曾叫我背双曲线的概念，我断断续续地背了近10次，老师还是一直说："错，重来！”她还会在点名表上找好一会儿，然后叫我的学号让我上去做题。

历史老师翔哥在某一次交谈中匪夷所思地问我：“这个你不知道？我上课时都强调好几遍了！”后面还补了一句，“不知道你上课时都在搞什么！”听到这句话，羞愧之余的我也意识到自己即将遭殃。果不其然，下一节课我就被点名“起来回答一下”。可能是因为我的历史成绩一直都很好，所以期中考试后老师直接在班上说我是第一名。我既羞愧又尴尬，在老师投来的赞许的目光和同学们的掌声中频频摆手，不停地说“不是我，不是我……”

我突然想起我读五年级时的语文老师，她总说我是她最器重的学生，每一节课必定会提问我。这个问题比较难，就让我回答一下；别人的回答她不满意，就让我补充；甚至有时候当堂完成的作文她都没有批改，就让我上去念。

所以，我不禁困惑：为什么被提问的总是我？

我想了很久，想起幼儿园的一件事。每个小朋友都会分到半截玉米，而老师给了我一整个玉米。这对于不爱吃玉米的我无疑是一种折磨，我总是一边哭一边拼命地像吞药丸一样把玉米咽下去。直到长大后的某一天，我才懂得老师是因为喜欢我，才会给我一整个玉米。

看了这么多关于老师上课提问的情节，你有没有一种熟悉感呢？毕竟，同一个世界，同一个老师。

纵然流泪，也是因为喜悦

文 | 凉月满天

一个天才少年，却在高考前夕罢考，不肯迈出房门，喃喃自语，在房间里大喊大叫，疑神疑鬼，胡言乱语，吓得他父母心惊胆战。

父亲把他带到心理分析师那里就离开了，少年和心理分析师面面相觑。

少年居然开始对心理分析师做分析："你的性格看上去外向，实际是内敛。"他拿起手边一本书接着说："你看，你读书的时候乱折页角，但是你的书里很干净，不在书里乱画重点或者批注什么东西……"

——少年分析的和评判的，都特别有道理。

心理分析师也不客气，猛戳少年的心窝子："你进房间第一眼注意到的是书，说明你很爱读书；仅凭一本书就能推测出我的个性，说明你很聪明。但是，你的聪明只是小聪明，因为你不知道真正的生活是什么样子。你说的见到的鬼呀、怪呀什么的，都是扯谎，什么长头发女鬼穿着白衣服、吐着长舌头之类的，一点儿创意也没有，一看就是从一些小破书上看来的。你看了许多书，你知道字面上的'亲情''友情''爱情'是什么意思，知道字面上的'绝望''恐怖''无奈'是什么意思，但是你并没有真正经历——你没有真正的生活。”

少年愣住了。在此后一个多小时的时间里，两个人相对沉默，直到少年的父亲来接走他。

第二天，第三天……每一天，少年都如期而至，沉默地和心理分析师对坐几个小时。终于有一天，少年一来就迫不及待地推开门，想和心理分析师交流。

心理分析师说：“你对你的父母不满，对不对？”

少年一愣：“你怎么知道？”

“你的父母因为你现在的状况快急疯了，可是你一点儿都不觉得愧疚，反而还很开心。以前你那么优秀，他们为你骄傲，老师也为你骄傲，但你都没有这时候开心。”

“是的，”少年说，“我老是被老师动员着、被爸爸妈妈鼓励着，参加各种各样的竞赛。他们根本不问我愿不愿意，就替我做了决定。我不去，爸爸妈妈就不停叨唠，这是学校对我的期望，这是为爸爸妈妈争光。”

于是，少年都记不清从小到大，自己背了多少不感兴趣的东西、解了多少不感兴趣的习题。同学们都羡慕他，也都疏远他。放学后，别人都成群搭伙地玩，只有他一个人留在老师的办公室，做着解不完的习题。他更想和小伙伴一起到田野里去疯，到运动场上去玩。可是不行，父母和老师都不允许。他们不让他看闲书，不让他玩篮球、足球、乒乓球，什么都不让，整天只是让他学习，学习，再学习。他们不停地跟他说：“你前途无量，你是天才。”却没有人愿意了解天才喜欢什么东西，做天才是什么感觉。

少年泣不成声：“我真的不想当天才，我想要我自己的生活，想过我喜欢过的日子。”他努力忍耐，但最后还是号啕大哭，声嘶力竭：“他们剪掉我的翅膀，却又要我拼命地飞！”

他哭得撕心裂肺。长久以来，他都被当成一个小天才。如今，他是一个普通的小孩。这个故事让人心痛。

做自己想做的自己，还是做别人愿意看到的自己，是一个永恒的难题。我们皆是普通人，既难以明了自己的心意，又容易被掌声和鲜花淹没真正的自己。孩子纯真之心未失，容易看清自己，尚且被一些看上去美好的期待蛮横地“欺压”成了这个样子；更何况壮盛之年的人，既有野心，又有诱惑，于是把真正的自己当成故事里的小孩，强拧着他走上不想走的路、过起不想过的日子，最终不是崩溃，就是任他在黑暗里哭泣，痛彻心扉。

有一句话：“悟道之前，砍柴挑水；悟道之后，砍柴挑水。”悟道之前，砍柴挑水，或许抱怨活儿脏活儿累，或许期望凭着砍柴挑水能得道升天；悟道之后，砍柴挑水就是砍柴挑水，是自己喜欢的生活方式。自己选的，活儿再脏再累也不会嫌弃，只想要此时此刻开开心心地砍柴挑水。

这大约是最人性化的方式：过自己喜欢过的生活，做最喜欢做的自己。哪怕普普通通，哪怕砍柴挑水——会流汗，不会流泪，纵然流泪，也是因为喜悦。

一朵一朵的花开

文 | 雪小禅

十三四岁，我是一个笨拙的少年，喜欢去古老的城墙上数蚂蚁，书包丢过很多次，我的学习成绩是中等偏下，没人指望我能考上高中，大学更是遥不可及。但那一年，我写了一篇好作文。没有想到这篇作文被当作范文在初二年级的6个班上轮流读。于是，我小小的虚荣心膨胀着，有人指着我："看，那个就是写那篇《秋天的风景》的女孩子。"我忽然感到被崇拜与羡慕的好，于是开始发奋读书学习，这才发现，原来学习是如此有意思的事情。我不讨厌化学元素表了，不讨厌几何老师那张严肃的脸了。期中，我进入了前十五名；期末，我第三名；然后整个初三，我再也没有让别人得过第一。还记得收到大学录取通知书的那天，我去给自己买了一本书，是席慕蓉的诗集《无怨的青春》。我收到的第一笔稿费，买的也是书——《张爱玲全集》……学习带给我无限的快乐，那快乐超越了红尘中太多东西，我的心里，好像有一朵一朵的花在开放，那么安静，又那么美丽。还有比学习更有意思的事情吗？翻开一本书，这个世界就是你的了！你是它的主人，你主宰着这个世界！你可以在那里发现问题、解决问题，你可以在里面哭、在里面笑，可以养一盆小小的花，只属于你自己的花。春夏秋冬，雨雪风霜，这是你一个人的花儿，让它尽情地开吧。

嫉妒的 A 面

文 | 张晓晗

我 9 岁时，很卖力地练过一次舞，为了在校庆的时候，和几个平时玩得很好的女生一起跳这支舞参加文艺比赛。虽然不过是一些简单的动作，但我真的需要很努力才能跟得上节拍。大概练了一个多月吧，也可能是更长时间。我每天见到能反光的东西就练，洗完澡后偷偷躲在浴室里练。和我妈逛街，她试衣服，我就旁若无人地在镜子前跳。我妈当然鼓励我说："跳得真棒！"我就真的以为自己跳得很棒，于是跳得更来劲了，感觉简直像杨丽萍附身。

直到快上台的前 3 天，老师来把关，跳完一次舞，她什么都没说，只是让我们再来一遍，就这样跳了 3 遍，所有的人都大汗淋漓。她按下录音机的"暂停"键，把磁带翻面，故意让它播着音乐，这样，之后这句话就变得轻松了许多："张晓晗，你可以回去午休了，把曼妮叫过来吧。"

一瞬间，我心里的某种东西仿佛被击碎了，可能是一个奇怪的器官——这个器官一旦丧失了功能，就注定这辈子学不会跳舞了。但我故作成熟，点点头，一言不发，拿起我的小水壶和外套走出舞蹈房，蹲在地上，把鞋带系好，拉紧……这一连串的动作漫长极了，我忍住不哭。我想我得振作起来，编好谎言，说我怕耽误学习不能跳了之类的理由。虽然我知道，这个谎言也许只能持续一个午休，但是我需要这个午休，以此让我的自尊心喘一口气。这个打击不是最致命的，最致命的是，午休结束后，曼妮和其他女生有说有笑地回来，老师鼓励她们，说她们会拿第一名。全班鼓掌。唯独我趴在桌子上，假装没有睡醒。无论掌声多热烈，我都不会醒的。

我不明白，为什么她可以呢？她怎么可以花一个中午的时间，就把我苦苦练习了一个月的动作都学会，还能成为拿第一名的关键。又或许，能拿第一名的关键是——没有我。

从此以后我再也不跳舞了，并且我开始讨厌所有会跳舞的女生。她们总是昂首挺胸，眉眼清秀。不像我们被要求只能留短发，她们可以留长发，扎一个精神的马尾辫，让它耀武扬威地晃在脑袋后面。她们去参加比赛，在严冬里穿着芭蕾服，每人发一件军大衣披在身上，气宇轩昂地走上大巴，透过窗户，一排齐刷刷的白皙的脖颈，又骄傲，又温柔。男孩子在说起女朋友是舞蹈队的谁谁时，语气中都带着自豪。我开始剪很短的头发，像个假小子一样，混在男生堆里，把自行车骑得飞快，和男生比赛。中学时代我做过很多很“man”的事情，我心里很怕，也希望有人挺身而出说:“她是个女孩子。”但是我不敢表现出怕，时刻带着一种少年似的生猛。殊不知，哪个女生真的想当女汉子，想和男生称兄道弟呢？她们只是一个劲地藏住心思，为了在他身边多待一会儿。不过有些人在做女人这方面，真的有些笨拙，自知比不过莺莺燕燕，就只能当一只平和的小麻雀。孤傲，是需要被欣赏的；不被欣赏的孤傲，只能叫作孤僻。

好在当我第一次被真正欣赏，渐渐知道了自己的长处的时候，也在摸爬滚打中学会了一些做女生的秘诀。于是，我不再讨厌会跳舞的女生了。我终于明白，我不是讨厌她们，我是嫉妒。

当然，嫉妒不仅仅局限于跳舞这一点，只是从这件事中，我第一次尝到嫉妒的滋味。在长大的过程中，我也嫉妒过很多人，现在还有嫉妒的人。没什么特别的原因，只因为她们都很好。但是我也学会一件事，并不是洒脱，而是坦诚。我再也不把嫉妒掩饰在“讨厌”的外壳之下了，我学会和它一起生存，并坦然面对我嫉妒的对象，我会真实地说出自己的想法：“我欣赏你，喜欢你，也嫉妒你。”我以前写过一句话：“100分的嫉妒里，总有80分的欣赏。”现在想想，剩下的那20分，大概是恨自己的求而不得。

嫉妒并不是一种十恶不赦的罪行，只要你够坦荡，莫小人。如果我从小没学会嫉妒，大概只会是一只森林里很容易被吃掉的动物。人类走到今天，只是因为我们会嫉妒、会攀比，因为我们蠢到会为了得不到而挣扎。但恰恰是因为嫉妒，我们变得强大、动人，成为万兽之王。

越伤心，越勇敢

文 | 尹清婉

不知你注意过没有，电影或者电视剧中经常会出现这样的镜头：在一场恶战中，男主角被打得奄奄一息，眼看就要输了，可是看到心爱的女人受伤后，他们在伤心之余，又会变得异常勇敢。这时，他们往往会不顾一切，拼上性命来力挽狂澜。曾经流行的电视剧《少年四大名捕》里的冷血就是如此。

而且，在现实生活中，你同样会看到这种现象。比如，一个平日省吃俭用的人，在失去一切之时，往往不再害怕失去，反而一改常态，做出一掷千金的行为。

是什么帮他们逃出了伤心的漩涡，赐予他们无所不敢的力量呢？是一种相对原始的心理防御机制，即否定一切。

心理学家发现，人在心情糟糕或者面临困境时，经常会通过否认不利于自己的一切，来达到保护自己的目的。并且，面临的情况越糟糕，越让人伤心，一个人就越容易这样做。这种解释不难理解。当排除了眼前面临的困难和痛苦后，前进的障碍便不再存在，所以，他或她会变得更加勇敢。而这就是所谓的“物极必反”了。

否定一切的保护机制可以带给人一种虚幻的全能感，解除一个人的压力，带给人瞬间的愉悦感。对身体来说，这种状态是积极的、有益的。所以，它在演化中被保留了下来。但是，这种机制也有一定的弊端。

过度否定危险和自身存在的不足，可能会使情况变得更加糟糕。虽然电视剧里的男主角们拼了命大都能换来一个大圆满的结局，但在现实生活中可能未必如此。事实上，问题能不能得到解决，终究要靠实力。否认虽能带来全能感，但那毕竟只是存在于幻想中的东西。

因此，为了真正的成功，我们不能光依赖一时的“全能感”。显然，靠自己的实力要更加靠谱些。

一认真你就赢了

文 | 庄雅婷

在我心里，“认真你就输了”真是句很令人讨厌的话。

每当你还没开始钻牛角尖，只是想搞清楚某件事的来龙去脉时，就有人故作高深莫测状地说出这句话；当你刚刚对异性产生了朦胧的感情，还没想好下一步怎么办的时候，其他朋友也会传授锦囊般地说出这句话，类似的还有“谁先动情谁先输”等。

“认真”暗含的意思就是“傻、笨、不懂变通”。你看那些游戏人生的高人，总是挥一挥衣袖不带走一片云彩，总是“万花丛中过，片叶不沾身”。他们都太轻盈、太聪明了，不会对某件事有太多的执着，否则就是没有悟性的表现，说这些话的人简直觉得自己已经修炼到一定境界，而具有了人生大智慧。但我每次看见这句话，就会第一时间升起一股无名火：你自己的日子过得那么那么凑合，凭什么还来嘲笑我啊？

当其他人都玩世不恭时，认真的人反而变成弱势群体，被人笑话、被人讨厌。因为你是一面不合时宜的镜子，照出了他们的虚弱。

在我看来，说这句话的人其实才是真正的输家。因为你的人生中没有什么值得认真的事吗？你要如何糊弄着过完这一生？

你马马虎虎地上班，生产出各种不合格的产品，对付着搞活动，一切都是凑合。你那不合时宜的荣辱观会在感情中发作，所以，你也不会认真地恋爱——被抛弃是多丢人的事啊！

一个不认真的人，必然遭到不认真的世界的反噬。从这样一个小小的调侃句子开始，你对自己都不当一回事，那么还有谁会真正尊重你、爱护你？

其实这就是一个懦夫的自我调侃：“反正总会输，不如不认真对待啦。”这样就可以轻易把自己变成局外人，这样还有借口说我并未使出全力。否则，就算拼了老命依然是个输，那多丢人啊！于是，这种懦弱的人就用这样轻飘的玩笑话，把自己变成了游戏人间、游离世外的“高人”。

把害羞用力吞下肚

文 | 松浦弥太郎

不瞒各位，其实我是一个很害羞的人。也正因为知道自己害羞，所以才会要求自己坦诚说出自己内心的想法。我觉得不光是我，大部分人都很害羞。

采用跟平时不同的方式，尝试新的创意，或是在工作上努力——在别人面前表现出卖命的样子，总让人感到很不好意思。“我希望可以保持面不改色的淡然。”内心有这种想法的人，十之八九都是害羞的人。比方说，走进一家没有去过的咖啡店，往往觉得难掩兴奋地看饮料单很丢脸，能够淡淡地说“请给我一杯咖啡”才帅气。放弃尝试芒果汁或花草茶，每次都喝咖啡的人生或许很酷，却错过了享受乐趣的机会。

在工作上，以得心应手的方式轻松处理事务往往让人觉得很潇洒，越是资深人士，越觉得采用自己不熟悉的方法很丢脸。“虽然工作内容和昨天完全一样，但我要发挥巧思，设法让它变得不一样！”这种尝试总是和“得心应手的潇洒方法”背道而驰，有时候甚至把自己搞得手忙脚乱、出尽洋相。拼命挑战很丢脸，所以让人想要逃避。

即使面对只要正常走路就可以解决的工作，不妨勇于尝试蹦跳的方式。虽然成年人蹦蹦跳跳地走在路上的确很难为情，但正因为是成年人，才更要蹦蹦跳跳。不觉得丢脸——这是不忘初衷、持续追求变化、轻松快乐生活所不可或缺的勇气。

坦诚、毫不掩饰自己的感情也很让人害羞。当话题触及想要和大家分享自己的价值观和基本思考方式时，“希望让别人了解”的心情会如洪水般涌现，有时候还会忍不住流下泪来。在旁人眼中，一个成年人边说边哭或许显得很滑稽可笑，也很丢脸。但是，如果为真情流露地面对他人感到丢脸，对方就不可能对你想要表达的东西产生共鸣。任何人在谈及自己真诚的想法时，都不应该压抑内心的感情。

请你回想一下你的初恋对象。努力想要传达心意的身影，在旁人眼中或许很不体面，可能还会有些害羞，甚至丢脸。但是，如果只是用电子邮件写一段冷酷的表白内容，对方恐怕无法感受到你的真情。不要对自己的认真感到丢脸，不要对爱退缩，只有克服害羞，才能将真情传达给对方。真正爱过的人，不会觉得这样的做法滑稽，也不会嘲笑别人准备表白时手足无措的样子很幼稚。

不光是初恋，如果可以克服害羞，让所有人表达内心的爱，这个世界就会更快乐。所以，我决定把害羞用力吞下肚，今天也继续做“丢人现眼的事”。鼓起勇气，做那些觉得“丢脸”的事吧。把害羞藏在心里的样子似乎也不坏。

换掉脑海中的配音员

文 | 刘 轩

你一定听过麦克风靠近扩音系统的音箱时突然发出的那种尖锐刺耳的噪声吧？这就叫“噪声回路”，原理是这样的：麦克风收进来的声音被扩音系统放大，通过音箱放出来；然后再收进麦克风，又再经过扩音系统扩大……音量很快就会呈指数上升。这时候如果不赶快把麦克风拿开，那个尖锐的噪声可能会使整个音响系统受损。

这种噪声回路，与内心的焦虑类似。

你有没有发现，当自己紧张的时候，越告诉自己不要紧张，反而会越紧张？越用力抗拒越是无法抗拒，压下去又弹回来，于是你更紧张，脑海里只剩下不断循环的负面声音，情绪濒临失控。

这时候，请记住噪声回路的原理，你得先把麦克风拿开。

拿开麦克风的意思，就是要让自己分心。深呼吸，做伸展，从十慢慢倒数到一，每次数数字，想象自己把数字写在一块黑板上，写完一个数字，把它擦掉，再写下一个。或者，你可以做心算：999 乘以 168 是多少？不能用计算器哟！当大脑忙着做算术题的时候，就没空去烦恼了。

拿开麦克风，用行为降低压力后，你就要改变那个负面的声音。回想一下，当我们陷入负面情绪时，脑子里是不是总有个声音在责骂自己？“你这个傻瓜！你怎么这么笨！”你叫他闭嘴，但他绝不轻易放弃，还会骂得更凶：“你一无是处！你一生都是个败局！”

这个脑海里的负面声音是谁的呢？

仔细听一下，这个声音，这个语气，是否像童年听过的某个人的声音呢？

而声音背后的主人，说不定早已离开你的生活，甚至离开这个世界了，但因为他曾经用语言暴力打击了你，给你造成了心理创伤，自此成了伴随你一辈子的负面配音员。

你可以试着换掉配音员：想象一个生命中最仁慈、最温暖的人，一个最疼爱你、无条件接受你的人。很多人会想起自己的祖母，或某位恩师、某个知心朋友。

想象你和最喜欢的这个人处在同一个空间里，他对你温暖地微笑。你可以向他诉苦，说出你心里的委屈。想象一下这个人用温暖的声音安慰着你，他说：“你是好的，你的心是善良的，你的个性是坚强的，你已经尽力了，这不是你的错。”

你也许想哭，没事的，请放心哭出来。这是负能量的释放，把它释放出来，不要让它萦绕在心里，你才可以痊愈。

这种“自我疼惜”是很重要的疗愈技巧。这不是逃避现实，而是在调整你大脑的情绪系统，通过想象力把自己安置在一个安全的地方，把原本刻薄的负面声音，换成仁慈、温暖、包容你的声音。根据心理学家克里斯汀·奈夫的研究，在面对挫折、不安、痛苦时，用仁慈的态度取代批判，这种“自我疼惜”的沟通方式对身心状态有良好的调适作用。

心理学家伊桑·克罗斯的研究更是进一步发现，选择用第一、第二或第三人称与自己对话，也会影响我们的心情。用第一人称（例如：“我一定要完成这个挑战！”）的时候，人比较容易情绪化；而用第二人称加上自己的名字（“刘轩，你一定要完成这个挑战！”）时，反而能够让内心的自我与情绪保持距离感，进而帮助自己冷静思考。

所以，当我们用第一人称跟自己讲悲惨的故事时，如果能转换这个自我对话的声音来源和称呼自己的方法，许多感觉也会跟着变得不一样。多使用自己的名字，让自己化身为一个宽容、有力量的教练，用你最爱的声音对自己说：“刘轩，你可以做到的！你可以坚持下去的，轩！”（换用自己的名字）让这个声音安慰你、给你力量。

如果造成你焦虑的原因，是在生活中徘徊不定、拿不定主意的话，我给你另一个建议，记住“登山原则”：当你在深山里，天色开始变黑时，你不能犹豫，也不能乱冲，必须一边走一边想办法，因为天色并不会停下来等你。

面对生活中的问题也是一样。你必须一边想一边行动，才会有新的领悟，若你一直不做决定，大脑只能一直在假想之间空转，那是很费神的。人的焦虑，往往源于只有想法而无行动。

曾有人统计，当人回顾之前曾经担忧过的事情，平均有 85% 的事情的最终结果是“中立”或“正面”的，也就是说当我们担心时，有 80% 的概率是结果不会那么坏。所以，如果你花太多心思在担忧或犹豫不决上，基本上是不符合时间效应的。你很可能会发现，一旦行动起来，不但焦虑减少了，而且活力也来了。这时候，生命自然就会为你找到出路。

别叫我地球人，我叫表情包

文 | 张欣悦

有一段时间，我遇到了俗称“青春期黑暗时刻”的时期，在这段时间，我遇到问题总是束手无策，只好用搜索引擎找解决的办法。

我的问题五花八门且又稀奇古怪，我本以为它们不会得到别人的解答。可当我悄悄地、小心地进行了搜索以后才发现，网络像一个庞大的帝国，我能在它里面找到自己所有的同类。我本以为他们是不存在的，直到看见他们的出场，我才发现原来我的幼稚和恐惧并不是那么的独一无二。在搜问题“上课不敢看黑板怎么办”的时候，我发现居然真有很多人跟我问同样的问题。我还顺藤摸瓜找到“豆瓣”上的一个“人际交往障碍小组”，在这个大家一同倾倒苦水的地方，我竟然感受到一种被治愈般的温暖。最终我还在这个小组里看到一个奇妙的招数，不知道是哪位大侠留下的真传：把自己活成一个行走的表情包，当你遇到破事时，往心里塞满自己的表情配图后，你会发现一切都变得美好鲜活起来，跟自己想象的都不一样了。

星期一，一开始上数学课，无论老师是否挡住黑板，我都会集中注意力去看题。如果觉得她盯着我看的话，我就会在心里自动孵化出一个表情包来，同时给这个瞪大眼睛的表情包配音：

“看什么看，你这愚蠢的人类！”上地理课的时候也是，如果老师不动声色地观察了我几眼，我就会自动脑补出一个娇羞的小红脸人儿：“自恋去吧！你还没我们家的狗狗大蘑菇好看！”如果老师挡住我投向黑板的目光，我就配一个我挥动魔法棒剑指白菜的表情：“你是大白菜，是麻瓜，而我会魔法，你再不闪开，我的魔杖就要对准你了哇！”

我最终发现我每天害怕去学校的根源，是害怕我们班严厉的班主任。为了缓解她对我造成的恐惧和压力，我在心里画出一个表情包：一个小孩拿着一把斧头，雄赳赳气昂昂地屹立在那里。配音是：“她打架能打得过我吗！我要自信，不用害怕她……”在学校里把表情包运用得多了，越发得心应手的同时，我也更善于发现生活中那些遗世明珠般的表情包。

追一部电视剧的时候，我见证了一个男生的异军突起，他叫张晚意，他的表情总是生动又逗趣，本来被大家吐槽“不够好看”的五官也开始熠熠发光。到后来他还成了那个电视剧里唯一的演技担当，成了推动剧情发展的重要角色。他让我发现，草根逆袭后不一定要变成“高富帅”，变成一个表情包也能把自己活得很精彩。

“把自己活成表情包”最初是谁发明的，我不得而知，但是我惊讶并受益于它的魔力，它带来的是一种快速自我治愈的能力，让我如一朵执拗顽强的小菜花般生长。因为变成了表情包，我开始用笑容去面对世界。

生活难以预料，就像将手伸进一个黑乎乎的洞口，去触摸一朵蔷薇，你无法确定自己会触到它的刺而鲜血淋漓，还是触到花香和那一抹旖旎的颜色。但是纵使真的触碰到了刺，纵使一刹那有锥心的痛苦，也该在嘴角勾勒一抹笑容，也该在自己心中配上下一秒也许就会看到幸运盆栽的光芒，相信自己那一刻的诙谐与笃定。后来的我很开心，每逢逆境时我总能内心平和，让我觉得自己在不断成长。

别叫我地球人，请叫我表情包吧。

给颓废注射一点“鸡血”

文 | 邵夷贝

有时候，必须给自己的颓废注射一点“鸡血”，让自己迅速地从偏执情绪中清醒过来。江湖游医的鸡血疗法不见得有什么疗效，但针刺入皮肤的一瞬间，血腥味还是有些戳破心肺的刺激的！

1. 成长不是改变自己，而是不断完善自己。

2. 把人生的所有悲催当作体验生活，无悲催非生活。

3. 每个人都无法避免痛苦，不只是你一个人在承担痛苦。

4. 有挫败才有成长。

5. 你值得拥有所有的美好，笑着等待，笑着接受。

6. 不要太在乎别人的看法，要清楚自己是怎么想的。

7. 每个人都更在乎别人怎么看待自己，很少有人专注于评价别人。所以无须猜测别人对自己的看法，因为别人其实更关心你对他们的看法。

8. 每个人的成长环境不同、经历不同，所以价值观也不同。别人不认可你，不代表你是错的，只说明他和你的想法不一样。知音和知音一起玩，不是知音的到一边去。

9. 简单的事情做完了，每次进步一小步；困难的事情做完了，每次进步一大步。不管是小步还是大步，都是进步。

10. 没必要去做第一，但是可以去做唯一。

11. 允许自己犯错，原谅自己犯错。

12. 所有看似美好的，都经历过或者正在经历着不美好。

13. 羡慕、嫉妒、恨，不如欣赏、尊重、学。

14. 只和自己比。只需要问自己：是否比昨天的自己有进步？

15. 没有人要求你必须卓越，除了你自己。没有人能一步到达卓越，只需每天进步一点点。

16. 先做最重要的事情。

17. 放弃“受害者心理”，要先看到每一件事情、每一个人的积极面。

18. 什么情况下都要爱自己。

一个人熬过一些苦，才能无所不能

文 | 刘 同

一个人活在这个世界上是为了什么呢？我告诉你，是去经历和享受，做自己没做过的事情。无，则努力追求；有，则尽情享乐。合，则来；不合，则散。这是简单却正确的道理。

以前总怕别人不喜欢自己，于是拼命讨好迎合，要是被误会了，恨不得马上就能消除误会。现在越长大心越大，你不喜欢我，就不喜欢呗，大路朝天我们各走一边。

夜里躺在床上，却怎么也睡不着，会有许许多多的画面出现在脑海里，曾经的你，曾经的我，曾经的我们，或悲或喜，或忧或痛。很多人，不是你想一直陪伴就真的能一直陪伴的；很多事，不是你想怎么样就真的能怎么样的，你无能为力。什么时过境迁、物是人非，都可以成为很好的理由。

总有那么一段时间，自己过不去，别人没法懂。不说不吵不闹，却是最大的心病。但凡熬过去，都是百毒不侵。

总有一天你会发现，感情没那么重要，那些曾经念念不忘的，让你辗转难眠的过去，终有一天会被埋葬在心底最深的地方，你偶尔想起来的时候已经觉得不痛不痒了，所以，熬过去就好了。

我们努力了、珍惜了，便问心无愧，其他的，交给命运。在生命的征途中，人活着，没有必要凡事都去争个明白，生活的作用是有价值，生活的标准是要幸福。没有谁的生活始终充满幸福快乐，总有一些痛苦会折磨我们的心灵。我们可以选择让心静下来，慢慢沉淀那些痛苦。

有些事情，拿不起，就选择放下；有些东西，要不得，就把它们放弃；有些感情，理不顺，就忍痛割舍；有些伤痛，挥不去，就学着遗忘；有些过去，忘不了，就藏于心底；有些工作，做不好，就向别人求助。人生，总有路可走，风雨人生，淡然相随。只要快乐，你就什么都不缺。

当你觉得实在撑不下去了，那就努力把这一天熬过去。也许一觉醒来，一切就有了转机。生活中绝大多数烦恼不是解决掉的，而是被稀里糊涂忘掉的。目光太长远地活着，容易累。只过好当天的日子，也不失为一种智慧。

人生的道路即使再崎岖，我们也要坚定地走下去。只有坚持到底，才有获得胜利的机会；放弃只能让一切功亏一篑。不要怀疑自己是否有能力往下走，坚信自己，才能让自己走得更加坚定。

与其担心未来，不如现在好好努力。这条路上，只有奋斗才能给你安全感。不要轻易把梦想寄托在某个人身上，也不要太在乎身旁的耳语，因为未来是你自己的，只有你能给自己最大的安全感。别忘了答应自己要做的事，别忘记自己想去的地方，不管有多难，有多远。

当你选择的那一刻，不要怀疑，不要犹豫，决定只不过是你必须要走的一步。人生就像旅途，难免会遇到荆棘和坎坷，但是当你走到最后你才会发现，原来中途的“坎坷”只不过是你旅途中的一道风景而已。

人生没有对错，只有选择后的坚持，不后悔，走下去，就是对的。走着走着，花就开了。人生，靠的不是时间，靠的是珍惜。抱最大的希望，尽最大的努力，做最坏的打算，持最好的心态。记住该记住的，忘记该忘记的，改变能改变的，接受已成事实的。

没有过不去的事情，只有过不去的心情。只要把心情变一变，世界就完全不一样了。不必太纠结于当下，也不必太忧虑未来，当你经历过一些事情之后，眼前的风景就已经跟从前的不一样了。

成功是件困难的事，这谁都懂，但也别太绷着，你得有自己的生活。有喜欢的人就去追，哪怕到头来是一场错过；有想要实现的梦就去追，哪怕最后是一场空。失败没什么，谁都有被嫌弃的时候，命运就是这样一个积累的过程。有一天你突然美梦成真，你以为是撞了大运，其实不是，那是一份迟到的礼物。

青/春/的/内/心/戏

十六岁那年，曾经一个人跑到学校操场西墙的梧桐树下去淋雨，也曾半夜里爬起来给女生写情诗。那样的日子，仿佛就在昨天。那样的轻松和吊儿郎当，可惜已经不在了。

——冯　磊《青春是一场猝不及防的雨》

也是那个时候，我们学着自己成长，从中发展出完美的自我。每个人自我成熟的过程，就是忍受孤独、背叛、无人理解的过程，逐一攻破后，才能找到孤独的答案。

——张　婷《你可曾有过『45。仰望天空式』的孤独》

晚晴

文 | 唐启景

有人说，经历高考后你就长大了。我曾对这种说法嗤之以鼻，我觉得，人在什么时候都能成长，为什么一定要在高考后呢？后来才发现，一定要亲身经历，才能感受到此言不虚。

从经历挫折到重新振作，每个人所需要的时间或长或短，但不管怎样，最后还是要走出来的。这就像一个天气变化的过程：不管雨下多久，最终一定能守得云开。

6月21日

晚上7点，闺蜜打来电话，告诉我高考成绩已经出来了。“你考得怎么样？”“太差了，不想说……”闺蜜疲惫的声音让我的心沉了下去。这时，网络早已瘫痪了。我拿起手机准备查询成绩时，发现电池快没电了。我问妈妈要手机，不动声色地对她说：“你要做好心理准备，我同学说她考得很糟，但她的成绩一向比我好。”如果没有闺蜜那通电话，我想我应该在悠闲地看中央电视台社会与法频道的《法律讲堂》栏目。

我回到房间，找出成绩查询密码，翻出纸和笔，安静地听完电话那头的电脑语音。挂断电话后，我看了两眼纸上的数字，深深地吸了一口气，像往常一样走出房间，平静地向爸妈汇报了那比一本线高不了多少的分数。我从没想过，我会考得如此差。

那天晚上，我不停地回复手机上的信息，屋子里静得有些过了头。我跟朋友发短信瞎聊，这样我就不用去想分数了。我以为自己的心理承受力已经足够强大了，可是一觉醒来之后发现，很多事并非是自己不去想就不会发生的。

6月22日

这一天，我几乎是在半梦半醒的状态中度过的。我在想，是不是因为我表现得太过坚强了，所以都没有人来安慰我。其实，我挺讨厌那些懦弱的经不起风浪的人，也讨厌听到那些安慰的话，因为那只会让我更伤心。

我想起有一次化学课上，老师在讲评试卷。我看着卷面上六十几分的分数，突然觉得很委屈，觉得自己这么久的辛苦和努力全都白费了……想着想着，眼泪就掉了下来。我急忙用手遮住了眼睛，假装在做眼保健操。那节课，除了我，没有人知道我哭过。

我还想起小学二年级时，老师教我们认钟表上的时间，我怎么也学不会。老师把我叫到办公室批评了我几句，虽然不是什么重话，但我觉得很委屈。回到教室后，就放声哭了出来，谁劝也止不住。后来上课了，老师照常讲课，同学们照常听课，我一个人趴在桌子上哭得精疲力竭。很久以后突然觉得没有意思，就自己擦干眼泪，继续听课。

直到现在，我都觉得自己可以独自承担所有的苦乐悲欢。所以，在这次高考失利后，我没有哭，只是有点恍惚。

6月23日

我已经宅了两天。在这两天里，我感觉像过了一个世纪那么久，但是又似乎什么也没有改变，每个人照常做自己的事情，生活还是按照它原来的轨迹继续。原来，就算失败了，天也不会塌下来。

同学叫我把《招生计划》给她送过去，她会在车站等我。我本不想出门，但最后还是出去了。干完所谓的正事之后，我们俩一起去逛街。从早上10点逛到下午1点多，我们毫无目的地满大街闲逛。我们一边忍受着从脚底传来的疲惫感，就像在忍受此刻心里的疲惫一样，一边感叹“真是宅久了，路都走不动了”。到最后实在想不出可以到哪里玩，就各自回家了。言在此，而意在彼，大家心里都牵挂着一些东西。但谁都不说，因为那是我们心底不可触摸的痛和没有愈合的伤。

6月24日

我看了看前一天发的日志——谭洪岗《评〈妙笔生花〉》一文中的片段。他说：

生活中，你会做出很多选择，带着这个选择活下去，才是最难的部分。

当事已至此、无法重来时，怨天尤人、自怨自艾都于事无补，也没有意义。那只能表明你还不愿意面对现实，还没有勇气说出：“当初我是那样选择的，我会承担那个选择带来的后果。”

人的成熟包括生活上的独立，也包括接受自己的局限。

记得一位诗人说过：

生命原是要不断地受伤和不断地复原，
世界仍是一个，
温柔地等待着我成熟的果园，
天这样蓝，
树这样绿，
生活原来可以这样安宁和美丽。

重读这段文字，我若有所思。其实，以前抄它的时候，只是觉得它富有哲理，没想到，在不久后的今天，我被它救赎了。你看，人生就是这么富有戏剧性。没有人可以始终活在欢乐之中，有些苦难我们必须承受，然后慢慢成长。

所以我想，我会慢慢走出来……一个人走出来。

6月25日

就在高考前，我和同学拿着一本介绍大学的书，嘻嘻哈哈地讨论着今后要去的地方。她合起书，很认真地问我："你想去哪儿？"我曾经很霸气地说："我要去清华，旅游！"现在我也可以很霸气地说："我要去清华，旅游！"只是心境大不一样。就这样吧，似乎又还有些不甘心。我是一个喜欢满世界跑的女孩，《哥斯拉不说话》里的小糖也是，我们都不甘心只在一个地方出生、成长、生活、老去……"那样多没意思。"我们也曾说过要走得越远越好。我远远地望着窗外，我还要满世界地跑，我还要去西藏、去敦煌、去哈尔滨、去不丹、去墨西哥、去纽约……我还特别想去三毛与荷西结缘的地方——撒哈拉沙漠。我还要去追狼、去骑马……我还有这么多事没做，怎么可以就停在这里？

所以啊所以，我终将像鸟儿一样，在世界上空自由地飞翔。

青春是一场猝不及防的雨

文 | 冯 磊

前些天，被人怂恿着看了《那些年，我们一起追的女孩》。这是一部电影，主角柯景腾是一个捣蛋角儿，偏偏是这样的捣蛋鬼，吸引了班花沈佳宜。她发誓要改造他，结果，竟真的成功了。这个过程，被人称为初恋。问题是，初恋真的就是这样的吗？问题是，我们自己的初恋究竟在哪里？

没有成年男女的卿卿我我，最多不过是打打电话、拉拉手。但是，这样的情节却足以让人刻骨铭心。

那些年，我们曾经一起去追女孩子。

那些年，我们不约而同地去追同一个女孩子。

那些年，我们最终一起失恋了。

青春是一场雨。一场猝不及防的大雨，来了！青春的闸门，一下子就打开了。

有时候我想，何止青春，人生在世，总是被动地接受这样那样的安排。我们还没有做好准备的时候，青春的巴士刷地就来到了。我们刚刚适应，青春刷地就不见了踪影。那些扎着小辫儿的女孩子，那些吊儿郎当的小帅哥们，一瞬间就长成了大人，生儿育女了。

所以，关于青春的传说总是在校园里。所以，我始终感觉，一个人最好的居所应该是在学校的邻侧。隔着窗子，就能看到青春在操场上奔突、生发、成长……但是，始终没有消逝。

这样想着，就笑了。因为我自己就住在学校的边上。在我的眼里，是只有男孩子和女孩子，没有好孩子和坏孩子之分的。学校不过是个成长的天地罢了。成绩，倒真的是副产品。

十六岁那年，曾经一个人跑到学校操场西墙的梧桐树下去淋雨，也曾半夜里爬起来给女生写情诗。那样的日子，仿佛就在昨天。那样的轻松和吊儿郎当，可惜已经不在了。

今天早上，当我拉开窗帘，看到操场上有一个男生被罚站。他的身边有一只篮球。这家伙，多半是因为贪玩耽误了功课。这样想着，不禁就羡慕起他来。当年，我自己也有过类似的经历……

感谢那个男孩子，他的罚站让我想起了很多。

书房里，我重新淋了一次雨，湿漉漉的，那是一场关于青春的瓢泼大雨。

每个人的青春都很相似

文 | 高腾腾

站在即将告别的青春门槛上，咀嚼着那些过往的美好，似乎只能用回忆才能更好地留住它。每个人都觉得自己的青春是独一无二的，其实我们的过往总是会有很多相似的地方，只是坚持原创的我们并不知道。而相似并不代表谁抄袭了谁，仅仅是因为彼此都曾年轻过。

暗恋是青春时飘荡着的一只风筝，明明咫尺之间，却又像隔着天涯。我们能做的就是一个人扯着线在田野里不停地跑，直到有一天看到对方断线而去，只剩下依旧扯着空绳子前行的自己。明知道那是可望而不可即的梦，却还总是喜欢去空旷的田野，追忆着风筝曾在自己的视线里飞翔的情景。

自卑情结也是很多人成长中绕不过去的一个坎。因为学习不好，因为暗恋一个人，还有各种甚至是别人永远都不会明白的原因，却足以让自己卑微到尘埃里。当然，随着岁月的流逝，自己偶尔也许会若有所思，在某一天也许会意外释然。

谁年少时没有过虚荣。偷偷认识很多远方的笔友，经常写信，以证明自己并不孤独，精神世界还很丰富；悄悄减肥，抹姐姐的眼霜，哪怕是穿宽松的校服、梳平常的发型，那也是在镜子前磨蹭半天精心打扮过的；快过生日的时候给不在身边的同学、朋友一一打电话，让他们一定把礼物打包邮寄过来，于是在以后的日子里，就沉浸在那种被人关注的喜悦里，其实只有自己才明白那背后的落寞。

年轻的我们太容易把自己定义为失败者，于是便慢慢否定了最初的坚持，直至彻底放弃。这样就理所当然地把希望又寄托在了下一代身上，就像当年父辈们施加给我们的太多梦想，如此以往，反复寻常。但当得知有些人在五六十岁还在为自己最初的梦想而坚持的时候，我们扪心自问，谁还记得最初的梦想，而自己当年又曾为梦想付出了多少。

初恋在每个人的青春里都占有重要的位置，不管它曾留给我们的是酸涩还是忧伤，多年以后，我们对它却总是念念不忘。可是如果真的要你去见当年的那个人，我们可能会胆怯，经历了这么多年的岁月过往，不知对方已经变成了什么模样，更多的时候我们会坚持不见。怀念那段岁月或许只是因为那时年轻，与其说是怀念那份恋情，倒不如说是在怀念自己青春年少时最动人的时光。

因为有信仰、有成长，自己的青春才不至于困顿在那些迷惘得不能自拔的年少里。总之，每个人都能找到让自己心安的某种信仰，可能是一种精神世界里的坚持、一份爱情的守候、一种家庭责任心的驱使，当然，相对于曾经的年少，那已经是很多年之后的事情了。

每个人的青春都很相似，都有着暗恋、自卑、高傲、虚荣、不屑世俗和那不知所措的迷惘与忧伤。在和青春正式挥手道别之前，我们总是有一些或大或小的改变，多了些世俗，学会了察言观色，明白了言多必失，在一次次的生活磨砺中破茧成蝶。而我们那些独一无二却又很相似的青春，则永远停留在了曾经年少的春天里。

大多数青春片里的生活，不值得你去度过

文 | MIMI

这两天翻微信朋友圈，看到有个朋友转了一段有趣的想法："为什么就没有人拍一部真正反映现实的青春电影？比如女主角从小到大都很丑，暗恋学校的校草。然后校草跟校花好了，女主角只好以学习来麻痹自己，最后考上了一所三本学校。"

读起来颇颓丧的一段话，我却禁不住被逗笑了。在少女时代，我曾暗恋班草长达三年，有一个专门为他建立的私人博客，一本写满字的"空白"笔记本——为了避免被他人发现，我用当时小卖部6元一支的"天价笔"书写对他的想念。那支笔的墨水是无色的，写出来之后，按住笔端的紫外线灯照射本子，你才能看清写了些什么。这只是又傻又纯真的青春的一部分。

我9岁的时候，妈妈问我要什么生日礼物，我说想学钢琴。一架钢琴要上万块钱，我妈劝我说："给你买一条裙子吧。"裙子穿了没多久就封存了，但对钢琴我却惦记了很久。后来许多次自己的梦想不能成真，我都懂事地半途而废了。我理解家里的难处，也并不觉得多么难过。

后来大学有次上声乐选修课，和老师闲聊起来，她让我把双手张开："你这双手啊，怎么没想过去学钢琴呢？"那一刻我

竟然有点热泪盈眶，有种冲动，想摇醒 9 岁的我："喂，有人夸你的手很适合弹钢琴噢！"这件事之后，我反倒觉得打开了一个心结，多年后的一次小小的肯定，是对儿时记忆的一种补偿。很多人长大之后，都会有意无意地为小时候的缺憾寻找弥补。

歌曲《青春白皮书》里有一段颇有和解意味的话："再见了我的爱，记忆为你尘封，不想不痒不痛。"当我们回忆青春，最先想到的是心里仍然执着的东西。那些已经释然了的，很快就会忘记。

普通人的青春，其实是这样一番场景：我们过了最热血的那个阶段，开始试着和过去的遗憾和解，或封存，或感恩。然后那些好的和不好的，都和自己融在一起，继续向前。校园时期我听到过最频繁的感召，就是"再不疯狂你就老了"，好像我们每个人都应该去做点什么不一样的事情。

就像我，渴望早恋，却连末班车都没有搭上。在毕业后，谈了第一个男朋友，却整天想要拉着他去做一些幼稚的事。折腾了一圈才发现，我不过是想找回一些那些年我以为我错过了的东西。但是，青春本来就是无添加的、最简单的。暗恋过的人，写过的小本子，号啕大哭过的夜晚，其实就是我们自己最独一无二的青春，我其实早已经历过了。

而青春里最可贵的品质，反而是沉淀后的真诚。

没有好声音的青春也很美

文 | 张 超

我曾经特别讨厌自己的声音。第一次从录音里听到自己的声音时，我难过极了。我的声音跟小说里形容的呢喃软语、声如莺啼、“大珠小珠落玉盘”差远了。那时候我十一二岁，瘦得像黄花菜，个子又不高，被我妈剪去了长发，走在路上总会被误认为是小男孩。本来就已经自卑得像只鸵鸟，又发现自己的声音跟“萌”少女离了八丈远，真的难过死了，一点儿都没法喜欢自己。有一次我被老师选中在国旗下讲话，拿着演讲稿去彩排后又被临时取消了资格。那天我躲在厕所里哭了一整个早自习，没有去参加升旗仪式。

青春期的时候更惨，我从来都不敢在音乐课上唱歌，也从来不举手朗读课文。

后来我长大了，妈妈终于又允许我留起长发。开始有男孩子真心喜欢我了，在我家楼下等一整夜，把零花钱省下来给我买冰棍吃，圣诞节带我去“红磨坊”吃很贵的牛排。可我依然不觉得自己值得被爱，幸福像是偷来的，哪天这个男孩清醒了，就会连本带利地把爱再要回去。过了一年他果然出国了，我对自己说：“你看，还是你不够好。”

读大学时，一个班全是女生，军训时她们说："只有你一个人晒不黑，远远看过去像面镜子，白得反光。"还有人说："你内双的眼睛真好看。"我心里想，她们真善良呀！

读研的时候我认识了一个男生，我做什么事他都会夸我，他觉得我什么都特别好，穿着大短裤盘腿坐在地上吃比萨吃得满脸番茄酱，他都说我美。他给我拍了很多照片，并把它们都拿回家给他爸爸妈妈看，说遇见我是发生在他身上最棒的事。他重复了那么多次，我也隐隐约约觉得我好像没有那么无聊，没有那么平凡，也没有那么不值得被爱。和他分手时我很难过，不光是觉得失去了恋人，我心里害怕的是，他是最了解我的人，他知道我所有的心思和秘密，可他选择不再爱我了，是不是我到底还是不值得被爱？

我花了一年时间劝自己，终于，早晨又能从床上爬起来好好做人了。这一年里我做了很多以前不敢做的事：我去乡村小学支教，去镇子里跟陌生的工人聊天，一个人去很远的地方旅行，去给慈善晚宴做主持人，去做同声传译，重新开始写作。后来我发现还是有人喜欢我的，他们大大咧咧地说觉得我这个姑娘不错。我多年来都没有真正拥有的自信终于开始在心里生根发芽。

很久之后我遇到了现在的男友，我们在一起很开心，有无数的话题可以聊。世界上有一个人肯彻头彻尾地爱我，我就能好好爱自己了。

小时候我不知道多渴望拥有一个完美的人生。那时我对人生赢家的定义是：说话得体，不爆粗口，跟家人和睦相处，考上北大，写很牛的毕业论文，25 岁跟青梅竹马的初恋男友结婚。可现在我不知道有多庆幸我走了一条九曲十八弯的路，这一路上我好好地认识了自己，也认识了那么多天马行空的人。

我爱着身边不完美的朋友们，爱他们所有的优点和缺点。我爱着不懂儿童心理学的我妈，也爱着家里的吵吵闹闹。我爱着我租的小房子，系统慢得跑不动的笔记本电脑，写到一半就扔下的日记本，和永远没有报酬的志愿者活动。因为这些是我的人生。如果能重来一次，我还是愿意做一个自卑地度过青春期的女孩，因为过去每一天对自己的怀疑，都让我今天加倍地好好对待自己、对待别人。你看我毕竟有胆量去一个播客做客了，我现在过得没有那么糟。

我也想告诉所有的姑娘：下次有人夸你长得漂亮时，他们是真心的。

你很美。

如果可以，我想抱抱曾经的自己

文 | 张亚凌

突然生出一个很奇怪的念头：抱抱曾经的自己。

如果可以，我想回到 7 岁时的那个夏日。

我不想说天气有多热，连经常跟在我屁股后面蹦来跳去的虎子都趴在地上不停地吐着舌头，任我怎么拉怎么扯，就是装作赖皮般一动不动。7 岁的我拎着镰刀，跟着母亲去收麦子。

母亲的胳膊一划拉，就揽住了几行麦子，一镰刀下去，都放倒了，脚一挑，就是一堆，割得很快。我只割两行，也只能一行一行、一小把一小把地割。

很快，我就被母亲远远地甩在了后面。因为想赶上母亲，我心里一着急，手底下就出错了。

一镰刀下去，没割到麦子，倒割破了自己的鞋面，还有脚背，疼得我龇牙咧嘴。脱了鞋袜，一道血口子。我没有喊没有叫，像母亲平常处理伤口那样，抓了一点土，在手里捻得细细的，然后撒在流血不止的伤口上。看着母亲正忙着，我将袜子塞进兜里，忍着疼，继续往前赶，只是比刚进地时割得更慢了。

母亲性急，她似乎已经听到了“噼里啪啦”麦穗在炸裂时发出的声音，头也不回地催促着我：“快点，手底下快点！”母亲打了个来回，到了我的跟前，见我绷着脸慢吞吞的，就踹了我一脚，说了句“没听见麦子都炸开了”，然后继续弯腰猛割。

母亲知道天气很热，热得人直流汗，却不晓得汗水流到伤口里的疼。

那天临近傍晚，母亲照例拉我到池塘边冲洗，我死活不下水，她这才瞅见了我那只没穿袜子的脚，还有脚背上的伤。“没事，都结痂了，两天就好了。”母亲的语气很轻松，就像受伤的是别人家的孩子。

她或许不知道，一个7岁的小孩子，自己受伤了很疼很想休息，却不忍心丢下母亲独自割麦子的矛盾心理吧。

如果可以，我想回到过去，抱抱那个小孩。我的脸颊会轻轻地贴在她的小脸蛋上，说：“好样的，你真是个乖孩子。”

如果可以，我想回到10岁那年。

那时我上小学三年级，考试没考好，很伤心，老师在表扬别的孩子时，我感觉就像在批评我。母亲从没问过我的学习成绩——农活多得让她都没时间直起腰来，她哪会关心这些“闲事”？可我却不敢直视母亲的目光，似乎她什么都知道。

那时，如果没记错，应该是一块橡皮2分钱、一支铅笔5分钱、一个本子8分钱。家里是不会经常给我钱买学习用具的，可是我必须努力。也许是贫穷出智慧吧，我想到了电池里的碳棒。

那时电池也是稀罕的东西，家里带电的就只有一个手电筒，还舍不得经常用，怕费电。但我还是在亲戚家找到了一节废电池，砸开，取出碳棒，如此我便拥有了一支可以长久使用的“笔”。

学校的操场是我的“练习本”，碳棒是“笔”，反反复复地写，边写边背。起先，一些孩子像看怪物一样看着我：又学不好，干吗还“装模作样”地学习？

我才不在乎别人的目光，只知道自己该好好写、好好背，边写边背。背了，会了，继续写，就当练字吧。后来就有人开始学我了，用瓦片、用木棒……谁在乎用什么呢，反正学习就是了。

就这样，脑子并不灵光的我，渐渐地向优秀生靠拢。

如果可以，我想回到过去，抱抱那个小姑娘。我会在她耳边轻声告诉她："自己想办法拉自己一把，谁都会像你一样变得优秀。"

如果可以，我想回到14岁那年。

那时我已经上初中二年级了，养成了写日记的习惯，作文写得挺不错。只是，我不是一个长得清爽且讨人喜欢的孩子，或者说，我总是绷着原本就很黑的脸，很少露出笑容。

那一年的语文老师很奇怪，每次讲评作文，都会先说一句"这次作文写得好的有某某、某某等"，然后把某某的作文当范文读，最后总说一句"时间有限，其他的就不读了"。我从来没被点名表扬过，作文自然也没被读过。而翻开作文本，评语、分数跟作文"写得好"的某某往往都差不多。我一直在"等"里面，这让我既欣慰又窝火。而在初一，我的作文总被前一任语文老师当范文读。

那一年，每次上作文课，对于我而言都是一场折磨，恨不得将头深深地埋进课桌斗里。而当握起笔时，我又告诉自己要认认真真写出最好的作文。

后来，全县举办了一次中学生作文比赛，我是全县唯一的一等奖，也是我们学校唯一获奖的人。

领完奖回来，学校又召开了一次师生大会，让我在大会上读自己的获奖作文。读着读着，我的声音哽咽了。下面的掌声响了起来，他们一定认为我是声情并茂。那一刻，我终于将自己从作文讲评课上的那个沉重的"等"里面解救了出来。

如果可以，我想回到过去，抱抱那个女孩。我会揽着她的肩膀说：“你真棒，走过了泥泞与黑暗！”

如果可以，我想回到18岁那年，抱抱那个在别人都已酣然入睡时，却依旧点着蜡烛勤奋学习的少女，没有那股拼劲，她怎么会在千军万马过独木桥的高考中，顺利地跨进大学的校门？

向明天借一束光

文 | 王丹春

他们在谈及青春时总是给予青春无限的赞美，青春如同橱柜里最诱人的糖果，是阳光下最绚烂的色彩，是人群中最愉悦的笑容，是生命里最无忧无虑的时光。

然而撕破那层表象后，却猛然发现，那些被无限美化的美好下包裹着的，却可能是十几岁的我们最不愿提及的苦涩和心酸。

可生活总是要继续的，我们如何在十几岁的青春期走过那些恐惧不安、彷徨迷茫？看看下面的故事，或许对你会有些启发。

坐在楼梯上哭泣的女孩

初三的最后一个学期，第二次模拟考我又考砸了。班主任公布总排名的瞬间我只觉得无比可笑，过去的这个月，我每天只睡五六个小时，不断做题，可这一切努力，在那个最终的分数面前成了一个彻头彻尾的笑话。下课后，我走到教学楼顶楼拐角处的楼梯，坐下，从默默抽泣到号啕大哭。

分数就是很重要，父母也好，老师也罢，他们大都是通过最后的分数来评价我们的付出的。假如听到的是“考这么点分数，你是不是没用功读书"，这还不是最糟糕的情况，最让人难以接受的是，"这个孩子只会死读书，这么努力了还只考这么点分数，大概也就这样了"。

就是这样，他们轻易给一个人的能力贴上了标签。

那天哭完后，我抬头看见了一片橙色的晚霞，它美得令人赞叹。

我诧异地发现，自己好久没有抬头认真地看看天空、看看云彩、看看周围的花草树木了。自从上了初三，我的生活几乎全被试卷和题目占据了。

就在那个瞬间，我在心里做了一个决定：无论中考考得怎么样，我都要在毕业后去看海。结果那年中考的成绩没那么理想，也没那么差。我去了海边，看到了自己心心念念的海。

往后的生活中，每当遇到挫折，我就转个方向看看其他事物。有时候是一棵树、一朵花，还有的时候是邻居家阳台上晒太阳的狗和马路边拎着菜等红灯的大爷。

于是我知道了，生活不止眼前的困境，还有远方的诗意人生。

走下去，会看见光

我第一次真真切切意识到爸爸喝醉酒后有暴力倾向，是在小学刚毕业的那个假期。那天吃饭时，他板着脸喝闷酒，喝着喝着突然暴怒，嫌我妈做的菜不够好，然后把酒瓶一摔，掀翻了桌子。他并没有动手打人，但他的表情和嘴里吐出来的话，比过去任何时刻都让我恐惧。满地都是零散的、沾了土的菜，我忍着泪蹲下去收拾碎片，我的弟弟妹妹在一旁号啕大哭。妈妈站在炒菜的隔间里没有出来，我看不到她那个时候的表情。

生活在这里似乎走到了一个拐点。从那以后，我开始失去儿时记忆里风趣幽默又无条件宠爱我的爸爸。几乎在瞬间我做了这样的决定：无论如何我都要在以后的生活中远离他这样的人。

10年后，我留在了外地工作。每次回家，他都尽量和我们一起吃晚餐，其间他的朋友打来电话约他打麻将，他对着话筒大声地回绝："啊……晚上不去了啊。我女儿回来了呢，一家人要一起吃饭的。"

然后在晚上10点多时，他大声地喊我："乖女儿，肚子饿了吗？想吃什么？爸爸新学了一种拌面非常好吃，要不要尝尝？"

我无法抹掉那个夏天傍晚的记忆，它依旧清晰，但我同样无法否认10年后冬夜里热腾腾的消夜所带来的慰藉。

生活总是这样，走下去，会看见光。

14岁的少年

2003年春夏之交的一个夜里，宿舍里的其他同学已经酣然入睡，小A静静地趴着，然后从枕头底下拿出事先藏好的刀片，一边流着泪，一边颤悠悠地向手腕伸去……那一年，他14岁，在那个深夜，他沮丧到了极点，觉得生活已然走到绝望。

15年后的同一个日子，小A在键盘上拼命地打字，双手灵活得像在跳舞。他目前就职于媒体行业，正编辑着一篇热点文章。如果你能够仔细观察他的手腕，或许还可以看到一条浅浅的印迹——但这可能仅仅是主观上的"看到"，因为过去的悠长岁月早已带走了那些伤痛的痕迹。

回顾那段遭遇，小A说："时间太久了，我差不多已经记不清当初为什么会产生那些痛到窒息的悲怆。但直到现在，当我回想的时候，依旧能够隐约地感受到当时的那些情绪。那天晚上，我真的割下去了，不过不深，只划破了点皮。"

“在开始觉得疼痛的瞬间，一些别的念头钻进了脑海。我对自己说，我现在才 14 岁，我想看看自己 24 岁时的人生。”

“后来就到了 24 岁，那个时候的记忆更深刻。大学刚毕业，面临许多新的压力，心态却出奇的好。因为相较于过去，多了很多有意思的经历，对人生的感悟更加深刻了，对未来也有了更多的期待。”

“‘我想看看以后的人生’的信念，是我在那个夜晚学到的。”

以上三个故事，其实是发生在相似的人身上的事，从绝望到热爱，从耿耿于怀到释然，以时间为画笔，完成了意想不到的衔接。有些是瞬间的转化，有些是走过一段人生后迎来释然的全新的生活。无论哪一种，主人公都没有放弃在最低谷的时候种下名为“希望”的信念。“他们”都没有放弃走下去，看看下一段人生的风景。

好像每个人都会经过一段黯淡无光的岁月。它可能伴随着父母的谩骂呵斥，也可能面临学业上的沉重打击，可能是无论如何都处理不好与周围同学的关系，还有可能只是在某些瞬间，被突如其来的绝望席卷，无法挣脱。许多在后来看起来好像也没什么大不了的处境，在那些当下却成了困扰不已的难题。

其实，许多在当下无法面对、处理的问题，只要多一点耐心、多一点时间、多一点技巧，将它“打包”交付给明天，自然就解决了。

就如两岁的时候，我们无法流利地表达，走路跌跌撞撞。而现在，当我们随着时间走到了十几岁后，我们可以大声歌唱，我们能够迎着风奔跑。那些过去成长中最困扰人的难题，如今已转化为再简单不过的基本生活技能。而这一切，随着成长中的磕磕碰碰也就习惯了。

向明天借一束光，照亮当下的黯淡。

嘿，你知道吗，今天有“那节课”

文 | 胡东晨

“嘿，你知道吗，今天有‘那节课’。”坐在后排的同学神秘兮兮地说。那是1998年，我还在上初中的时候。

“什么课呀？”我问。

“生理卫生啊，该讲‘那节课’了。”同学坏坏地笑着说。

“哦！”我恍然大悟。

自从生理卫生课本发下来，最让大家脸红心跳也最能勾起大家兴趣的，不就是“那节课”吗？终于，在所有同学的忐忑和期待中，上生理卫生课的时间到了，然而老师迟迟没有出现。该不会是不上了吧？同学们议论纷纷，交头接耳。

“这节课到电教室上。”一位不认识的老师突然走进教室说，“看录像。”

“哦！”同学们既紧张又兴奋地跟在这位老师的后面。窗帘拉上了，电教室完全暗了下来。两台破旧的电视机开始显现出清晰的图像。那是一部不知拍摄于何年何月的性教育纪录片，片中用古代艺术大师们的杰作向我们这些青春懵懂的少年展示着生命最后的秘密。《掷铁饼者》《大卫》《米洛斯的维纳斯》《美惠三女神》……身体的秘密在大师们的画笔和刻刀下一览无余、纤毫毕现。旁白用最专业的声音配合着电视上的画面诵读出各种数据，本来一片寂静的教室里开始有人小声地议论。

“别说话！”从来没有发过脾气的女学习委员突然大声说，眼睛却依然认真地盯着电视机。

“哦。”同学们立刻又安静下来，直到那节课结束。几年之后，我上了高中，某天不知出于什么原因，大家又聊起了“那节课”的话题。

“我们‘那节课’最无聊了。”一个同学说，“老师给大家念了一遍课本，就算学完了。”

“那都算好的了！”另一个同学说，“我们的老师一进教室就直接宣布：‘今天自学。’让我们白激动了一场。”

“我们是看录像哦。”一个女同学突然说。

“我们也是！”我说，“莫非是同一部？”

“我们学校放的那部，里面是有整个过程的。”女同学笑着说，“你们也有吗？”

“不会吧？！”同学们立刻被震惊了，“会有人起哄吧？”

“这个倒没有。”女同学说，“只有一个男同学小声地嘟囔了一句‘原来人是这么来的啊’，这句话让我们的生理老师听到了，结果他立刻大声地说：‘对，就是这么来的。’同学们听了都快笑死了。”

女同学说完之后可爱地笑了笑，并没有觉得有什么不好意思。倒是我们这些男生，心里毛毛的，脸都有些红了。其实想一想，这又怎么能怪我们呢。我们的老师用躲藏的态度教会了我们躲藏，而她的老师却用坦然面对的态度教会了她坦然面对。所有的知识大家最终都会知道，而这样坦然的态度，又岂是从书本上可以学到的。

以笨拙的方式示爱

文 | 陈思呈

上初二的时候，语文老师设计了一个写作游戏。她让每个人找任意一名同学作为描写对象写作文，但不要写出名字，然后在课堂上念出来，让全班一起猜写的是谁。如果猜不出来，那就说明这段描写失败了，要重新写。

在这个游戏里，我被很多人描写过。我意识到这是一种荣耀，因为中学生一般只写自己喜爱的人。于是，这件事成为我的骄傲。

前不久的某一天，我想到这件往事，又对一个好友提起。好友肯定了我在这件事里的好人缘，但在他的肯定之后，我也意识到自己急于向他展示正面形象的虚荣心。其实被写得多，也可能是因为我长得特别黑，容易写，是个写作选择上的便利对象。

而我为什么会想到这件小事？是因为此时，我思考“人缘”这个问题感到了茫然。

我想到了另一件小事。那一年，我们五名同学组成了一个小圈子，有男有女。我与其中一名女生小D关系要好一点，跟另一名女生小F相对疏远。两名男生对我们三个女生没有特殊偏好，他们那种既清爽又混沌的态度，使我们的关系更有着少年无猜的喜悦。这个小圈子以一种平衡的关系存在，我们上课传字条，交换武侠小说看，下课互相抄作业，放学后一起打排球，周末有时候还约着一起去河堤上骑单车。

很多人在少年时代都有这样一个小圈子，它是我们在人生中自己建立起来的第一个社会支持系统。当然，所有的关系里都有不愉快的事，比如我和小F不时会针锋相对，我们还会微妙地在剩下的三个人中争夺盟友，但这些似乎也都是小圈子的常见生态。

转折是在一个星期一。在做课间操时小D告诉我，在刚刚过去的那个周末，他们四个人去了比较远的郊区玩，没叫我是因为上次我和他们去郊区玩，回家太晚被我妈说了一顿，为了让我不再被家人说，他们就主动不叫我了。

这种明显的托词让我怒不可遏，我不知道如何处理争先恐后涌到舌尖的词语，激愤、幽怨、讽刺、蔑视？最后我选择了蔑视。蔑视最能保护自尊。蔑视自然也激起了小D的不满，她便说：“她们那天在路上谈论到你，都说到你的某些说法和做法如何狂妄可笑、自私自利。”我说：“你也这么看吗？”因为我自认为和小D最亲近。但她说：“我觉得他们说得也有道理，但你不要让他们知道我告诉你了。”

如果我成熟一点，应该在那个时候对自己以后的言行做出修正，或者温和地与他们拉远距离。但我既贪恋亲密关系的温暖，又无法忍受被背叛的委屈。根据不太可靠的回忆，我大概使用了找机会吵架撒刁的方式，与他们保持交往，把自己的形象弄得更加不堪之后，才无奈地疏远了他们。

很长一段时间，小D成为班上我最不想见到的人，见到她，我就会有一种挫败屈辱的感觉，想象他们因为批判我而加倍团结的气氛，想象他们同仇敌忾的快意。其实我并不知道自己具体错在了哪里，但我知道，共同攻击一个曾经亲近的人，那种刺激性和亲密感会比攻击一个无关紧要的人来得强烈得多。

有不少作家说过这样的意思：一个人一生中遇到的事，都能从少年时代的事件里找到原型。是的，在这件事情里，我看到最多的是，我对关系尤其是亲密关系的渴求，由于这种渴求，我迫不及待地过分亲近他人。即使受伤也不愿回避，从表面上看是勇敢的真诚，但事实上，很可能是因为极深的寂寞。

在奥兹的小说《地下室里的黑豹》里，我看到了一个与我很相似的少年。谢天谢地，这是很大的安慰。这个叫普罗菲的少年，因为和英国军人有所来往，被他的朋友攻击为叛徒，之后，他剑走偏锋地把一切都搞砸了。他徒劳而深刻地用他 12 岁的智慧，思考着爱和背叛。

当我阅读这部小说时，我已人到中年，处理人际关系却并不见得比普罗菲轻松和稳练。我们是以极笨拙的、激怒他人的方式向人类求爱，以“一种不可遏制的渴”要求亲近。我不知道内心是怎样的空洞，才让我们如此害怕孤独，也不知道这样的孤独是否终生难免。

关于你的内心戏

文 | 大 熊

大宝是我的好兄弟，一个活得有点矫情的汉子。

初中的时候，他暗恋班上的语文课代表，每天买一堆零食放在她的课桌里，我们眼睁睁地看着那个女生胖了一大圈。

有一次语文课代表来收作业，大宝偷偷在自己的作业本里夹了一张小字条，上面写的是："有花堪折直须折，莫待无花空折枝。"交完后，心里感觉美滋滋的。

第二天，语文课代表把他喊了出去，大宝顿时心花怒放。结果课代表严肃地问他："你是不是把考试时做的小抄夹进去了？如果下次你再做这种事，我就去告诉老师！"

大宝回来后沮丧极了，我们只好安慰他："人家其实是不忍心伤害你，所以才这么委婉地拒绝你，多么温柔的女孩子啊！"

大宝想了想又振作起来，继续每天往课代表的课桌里塞零食。

上高中的时候，大宝暗恋其他班的一个女生，他说女生的侧脸长得像高圆圆。可我们看了很久，愣是没看出一丝高圆圆的影子。不过暗恋不就是这样吗？很难说出为什么会喜欢一个人，可能只是因为一个眼神、一个微笑。这就是所谓的"情不知所起，一往而深"吧。

大宝所在的班级和那个女生所在的班级一起上体育课，大宝即使生病在医院里输液，也会急匆匆地赶回来上体育课，其心简直可昭日月。

那天的阳光很美，大宝穿着新买的衣服，双手插进口袋里，潇洒地朝着远处心爱的姑娘微微一笑。只是大宝没有注意到，他的裤腰那里露出了一截金黄色的秋裤，不知道那个女生看见没有。

高中毕业那天，我们以为大宝会去表白，但他只是委托别人，帮他拿到了女生的毕业纪念册。打了几遍草稿后，他才郑重其事地在上面写："我就是那个每次在体育课上偷看你的人。"

这种告白，简直让人想报警。

到了大学，他说他终于遇到了他生命中的"女神"。我们皆不以为意，因为他生命中的"女神"实在是太多了。

他每天在人人网上发很多关于"女神"的状态——今天跟她在走廊里偶遇了，今天在食堂她居然坐在我斜对面，今天她穿的裙子美得令人窒息，等等。可是有一天，他突然慌慌张张地来找我，整个人手足无措。原来不知道是哪个人把他暗恋"女神"的事告诉了"女神"本人，他一直以来隐藏的小心思就这样被暴露了。

我们提议他去向"女神"表白，他却不肯去。大家都不懂他为什么不去表白。可暗恋不就是这样吗？为自己喜欢的人做很多事，想让对方知道又不想让对方知道的矛盾，在旁人看来也许这样就是矫情，但对于大宝来说，这些都是他心甘情愿并且甘之如饴的事。

因为他心里知道，喜欢一个人本身就是一件矫情的事。

这就是青春啊，从来都不需要观众。

我想收集你的全部

文 | 黑武士

就算是过了好几年，只要经过那个被拆迁的小卖部，我还是会想起那天，我跟某个男生站在寒风里，一边吃着超热的关东煮一边等车的情形。公交车、计程车和卡车都在轰轰运转，而我们手里的关东煮——那被滚水烫过头的海带和丸子，却只是静静地冒着热气。

早已忘了那个男生的具体长相，但那杯关东煮却实实在在地还在我心里冒着热气，我还能记得海带的热度、鱼丸的咸度，而那个寒风呼啸的傍晚跟复杂的生存竞赛无关，跟失眠症无关，就像融化在绿岛的海龙王宫里的某个梦，顿时让人觉得离那段时间好近好近。

第一次读奥尔罕·帕慕克的《纯真博物馆》，就真的被震撼了。

超级富豪凯末尔买下了位于伊斯坦布尔贫民窟的一栋破房子，在别人看来这完全是脑子有病，但对于凯末尔来说，它是这个世界上最珍贵的地产，因为那里曾经住着自己最心爱的女人芙颂。

他要把那栋如今已空荡荡的房子变成真正的记忆博物馆，里面全是他偷偷收藏的芙颂用过的东西：抽过的4213个烟头、发卡、纸牌、镶着 F 字的耳坠、香水、胸针……

那里变成了唯一可以和芙颂产生联系的通道，他可以借此在大脑里拼凑出他们在一起的 2864 天、409 个星期和无数从伊斯坦布尔天际射进来的斜阳。

原来这些琐碎到叫人心烦的东西，一点儿也不高级，日常得可怕，却统统藏着一个个威力无比的小宇宙，在你快要忘掉一个人或一件事的刹那突然破裂和爆炸，让你相信爱真的有穿越的能力。

每当熟悉的感觉如海啸般袭来的时候，你好像进入一个奇妙的秘密通道，不一定有多喜欢那个人、那些事，你只是非常清楚，那些东西足够好，好到你想不自量力地再攻坚一次。

初二有一天下课的时候，有个男生突然走到我旁边，把一张明信片放在我的桌子上，然后扭头就跑了。我拿起那张正面是英国巨石阵照片的明信片，翻到背后，一个字也没有，全是不同颜色的印章，我认真地又看了一遍，都是上海世博会各个国家和地区展馆的印章，有刚果共和国，有斐济，有乌拉圭。

后来我整理房间的时候，又看到这张已经有点破旧的明信片，却深深感到五年前那个晴朗下午的召唤力，我再次掉进秘密通道，突破视觉上的一切障碍，看到那个男生脸上神秘又腼腆的表情，看到很好的光线打在明信片上的样子，还有我将它偷偷放进书包当作什么事情都没发生的白痴样子。

是啊，有些人可以很久都不联系，他们只应景地出现在那些节日里，然后又准备失踪好久。可越长大越知道，一件看似无趣又普通的物件才能拯救世界，那个世界很小，你却会视其为宝贝，还会珍视很久。

以前看到邻居姐姐床铺下面有一个很土的盒子，她还总是骄傲地说那里面是堪比生命的宝物，可我看见里面放的都是很便宜的徽章、写过的本子和用不了的纽扣，便觉得很好笑。

但现在，我也在建造自己的月光宝盒——打开它，会有一束灵光“唰”地射出来，你就可以逆时光行走了。

前段时间看了《岁月神偷》，里面那个把鱼缸套在头上想当太空人的小朋友也喜欢偷偷收藏小东西，因为他相信，总有一天那些小东西可以把苦海填满，不见的亲人就都可以回到身边。

不是多伟大的念想，被打动的也只有自己，但这样的念想物，每个人都有。而越是这样，越是因为我们想要记住。就像人鱼超人可以分身为人和鱼，我们也有了这种超能力，可以把自己分成好几瓣去追忆没有什么“水准”的似水年华。

上个礼拜，为了做报告找资料，我把书架翻得跟世界大战后的战场一样，却发现一本历史书里还夹着很早以前写的一封没寄出去的情书，字丑得让人难以直视，但那一刻我仿佛真的又回到那段快乐疯癫的时光，那段在恋爱和有好感的边界不停试探的天真岁月。

会有几例，在那些物件里的我们显得超落伍，离现在的世界很遥远，但我们幸运地找到了属于自己的那份安全感。没有意外地，我们都将变成收藏独家记忆的博物馆馆长。

一场像暗疮一样的暗恋

文 | 张小娴

暗恋和暗疮，是同样苦涩和卑微的。谁不曾悄悄地暗恋过别人？说自己从不暗恋别人的，只是不想承认自己有过那么无助的爱。

暗恋通常在年轻的时候发生。年轻时，我们有许多青春与情怀去享受一段暗恋，也有能力去复原。等到一大把年纪才去暗恋别人，那是跟自己过不去。三十岁时的暗恋，就等于三十岁才长出第一颗暗疮。虽然，你会说这是青春的象征，但那颗暗疮终究是不适合的。

暗恋应该是跟暗疮的岁月同生共死的，我不想暗恋别人，我只想被人暗恋。可是，从来也不是我选择了暗疮，而是暗疮选择了我。它在我脸上横行无忌，我暗恋的那个人，也在我心里如此折磨我。

暗疮可以吃药治疗，暗恋却像山洪暴发，任何一种抗生素也拯救不了。努力去忘记暗恋的对象，就好比用手去挤暗疮，痛苦而徒劳。满脸暗疮让我们自卑，暗恋却是在自卑之中获得快乐。然而，当最后一颗暗疮在脸上消失的时候，暗恋也该终结了。那些日子，毕竟是属于青春的。

练习爱的能力

文 | 唐辛子

这两天，一段由日本 TBS 电视台制作的日本中学生“屋顶告白大会”的视频，在网络上火了起来。4 名来自八街南中学的学生，站在学校教学楼的屋顶上，向自己喜欢的人大声告白。

第一位站上屋顶的是初二男生久保田圣斗，他大声地对心中的天使告白，说：“请和我交往吧！”却被“天使”拒绝了：“虽然很开心，可是我已经有男朋友了，对不起！”

第二位站上屋顶告白的是滨本初花，她一直暗恋一个男生，可是那个男生已经有女朋友了。她对喜欢的男生说：“酒井一喜，虽然我想过，如果能和你交往该有多好，可是现在我要彻底放弃喜欢你的这种心情。如果什么时候，我有了新的喜欢的人，就请支持我吧！”被表白的男生大声回应：“如果你有了喜欢的人，我会为你加油的。”

第三位登上屋顶的，是正在上初三的学生会会长高桥优介。他对浅野那奈表白：“我喜欢你！以后请不要再叫我高桥，请叫我优介吧！你喜欢我吗？”女生羞涩地捂住了双眼，幸福地大声回应：“优介，我非常喜欢你！”

第四位登上屋顶的，是初一男生木村启希。木村君深深地喜欢上了一位女生，他站在屋顶上一口气喊出十多个充满热情的“喜欢”。可是，只得到女生冷静的回应：“对不起！”木村君深深地吸了一口气，再次大声冲着拒绝他的女生喊了一句：“谢谢你！”然后，抹着眼泪离开了屋顶……

在日语中，“初恋”代表着人生中最纯净的爱。这段视频用综艺节目的形式完成了一堂爱的教育课。4个中学生用他们的行动为大家示范了“应该如何去爱”以及“什么是爱的能力”。

什么是爱的能力？它是表白的勇气，是对拥有的珍惜，是放下的觉悟，是拒绝的自由，以及对于被拒绝的尊重。

日本中学生的性教育课程的内容里，有这样一道课堂思考题：“什么才是真正的亲密关系？”美国当代教育家托马斯·里考纳曾说：“人际关系中，真正的亲密关系，是指懂得他人。”所谓“懂得他人”，是指懂得他人的想法、情感、希望与梦想。而尊重，则是懂得他人的一种智慧。

其实恋爱本身就是人生功课中需要学习的一部分。因为，爱情最大的力量，是它能通过爱与被爱、不爱与不被爱，来感受生而为人所必须具备的种种丰富的情感。当成长中的少男少女开始因为爱，而拥有了最为饱满的喜怒哀乐等各种情绪，并开始学会适度地控制它们时，他们也就逐渐实现了精神的独立与人格的完整，能以最坦然的内心来面对这个世界。

一个拥有心灵自由的人，可以让自己在任何环境中，都能不卑不亢地从容生活。对于人的成长而言，还有什么比这更为宝贵呢？

你可曾有过“45° 仰望天空式”的孤独

文 | 张 婷

青春的孤独起源于爱，因为爱是无法对抗的。我记得每次考试考砸了后，都很想对爸妈说：“别爱我了，我这么糟糕。”那种等待宣判的时刻是最折磨人的，你不但要揣测大人的情绪，还要做好挨骂的准备，可是到最后他们却给你一副平静的表情。这让我有深深的犯罪感，觉得他们还不如狠狠地打我一顿，我就可以一鼓作气地拼，争取下一次让他们喜笑颜开。

我不能和父母谈及孤独，在他们的眼里，我只是一个小孩子，衣食无忧，以学习为重。青春期之后，我会偷偷读一些书、听一些音乐，躲在一个人的世界里，某天突然神情呆滞地小声嘀咕了一句：“妈，我好孤独。”再加上那段时间精神恍惚，她觉得我中邪了。孤独竟是一种耻辱或者病态，这种疏离感让我觉得恐怖。可越是不允许孤独，我越是觉得孤独。

在学校里，流行的是集体的孤独感。那个时候特别流行“45° 仰望天空”式的忧伤，好像你不 45° 仰望天空就不时髦，你不仰望天空简直就是青春的局外人。虽然我没拿着尺子测量，但我记得课间我在阳台上站着，傻傻地想着自己以后会变成什么样，很久很久。老师突然过来一脸担心地问我发生了什么事，我才意识到已经上课了。那种隔离的感觉只能用微笑掩饰。

老师知道我会写点忧伤的句子。我也挺害怕哪天考得不好，他会在班里吼道："你们每天就会写这些四不像的句子！孤独忧伤寂寞冷，这都是什么玩意！"还好他没有这样喊过，反而一次次地纵容我："上大学就没人逼你写八股文了，那时你会写出更好的文章。"

在各种规矩的束缚下，我只混迹于好学生之中，但我觉得他们比我还要孤独。我观察着学校里的第一名：他每天一副凝重的表情，就算老师表扬他也不见得有何异样。听说他也会写点忧伤的句子。我也不是那种自闭甚至心灵扭曲的孩子，我依旧努力学习、尊重师长，在朋友圈里仍然幽默乐观，一直到毕业，他们都觉得我的作文只是在刻意模仿"45°仰望天空"的风格。

又成长了一些，依旧觉得无人理解自己。为什么我的命运会这样被决定却从来没有人征求我的意见？类似的问题经常缠绕着我，我也依然执拗地读书、观察、思考，寻觅期待的答案。

有一天，倔脾气的小女孩学会了一个人在外面打拼，她却对母亲说："妈，在外面就我一个人，我好难过。"母亲忽然听懂了，她严肃地警告："不要胡思乱想。"她终于听懂了，在她终于懂得小孩子也会孤独时，我反而不觉得有什么孤独的了。

我相信，青春的孤独就是探索自我的开端。当我们开始写日记抒发难以诉说的感情时，我们就已经孤独了。也是那个时候，我们学着自己成长，从中发展出完美的自我。每个人自我成熟的过程，就是忍受孤独、背叛、无人理解的过程，逐一攻破后，才能找到孤独的答案。

孤独没有什么不好

文 | 蒋 勋

我的成长，经历了几个不同的发展阶段。小时候家教严格，我不太有机会发言，父母总觉得小孩子一开口就会讲错话。记得过年时，家里有许多禁忌，许多字眼儿不能讲，例如“死”或是“死”的同音字。每到腊月，母亲就会不断对我重申这一点。奇怪的是，我平常也不太说这些字，可是一到这个时节，这些字就会脱口而出，我就会受到处罚。后来，母亲也没办法，只好拿张红纸条贴在墙上，上面写着“童言无忌”，这样不管我说什么都没有关系了。

那个时候，要说出心事或表达出某些想法，会受到很多约束。于是，我与文学结了很深的缘。有时候我会去读一部文学作品，与作品中的角色对话或者听自己的独白，那种感觉是孤独的，但那种孤独感深为此刻的我所怀念，原因是，在孤独中有一种很饱满的东西存在。

现在科技愈来愈发达了，而且信息流通得非常快，然而，整个社会却愈来愈孤独了。

我感觉到社会的孤独感约莫是在这几年。不论是打开电视还是收听广播，到处都是谈话类的节目。那个沉默的年代已不存在，每个人都在表达意见，但我感觉到了现代人加重的孤独感。尤其在节目过程中，因为时间限制，讲述者往往只有几十秒钟的说话时间，经常话没说完就被打断了。

每个人都急着讲话，每个人都没把话讲完。

快速进步的通讯科技，仍然无法照顾到我们内心那巨大而荒凉的孤独感。

你害怕孤独吗？

我要说的是，孤独没有什么不好。使孤独变得不好，是因为你害怕孤独。

当你被孤独感驱使着去寻找远离孤独的方法时，你会处于一种非常可怕的状态：因为无法和自己相处的人，也很难和别人相处。无法和别人相处会让你感觉到巨大的虚无感，会让你告诉自己："我是孤独的，我是孤独的，我必须打破这种孤独。"你忘记了，想要快速打破孤独的举动，正是造成巨大孤独感的原因。

不同年龄层的人所面对的孤独也不一样。

很多人都有在中学时代暗恋一个人的经历，那时只能用写诗、写日记的方式表达心情。难以想象那时日记里的文字会那么纤细、那么美丽，因为时间很长，我们可以一笔一画地描述暗恋的心事。这是不快乐、不能被满足的体验吗？我现在回想起来，恐怕不一定是，事实上，这是我们在学着跟自己恋爱。

对于许多人而言，第一个恋爱的对象就是自己。在暗恋的过程中，自己美好的一面就展现出来了。有时我们会无缘无故地站在绿荫繁花下，呆呆地看着，想要知道生命是什么；有时我们会把衣服穿得更讲究一点儿，走到暗恋的人面前，希望自己被注意到。我的意思是说，当我们在暗恋一个人时，我们的生命正在转换，从中发展出完美的自我。

没有迷惘的青春是荒凉的

文 | 罗 西

20多岁的青年人，谈到的最多的情绪或者心态，可以用两个字来概括：迷惘。

有人很写实：我现在读大一，父母想让我考研，我却一直想创业，但感觉现在的我什么都没有，对未来充满迷惘，我该怎么做？有人很文艺：我就像一只趴在玻璃上的苍蝇，前途一片光明，但找不到出路；无论此时是如何彷徨、迷惘，最终我都要过上自己想要的生活……

问题集中在22岁左右，面临大学毕业，真正要单飞时。22岁的荷尔蒙，包含轻狂、迷惘、忐忑、挣扎、冲动……做强没钱，做大太嫩，竞争乏力，独辟蹊径又觉得孤单……似乎问题一箩筐，而箩筐是用金枝编织的，青春的问题也是金贵的。

如果青春只剩下春，如果理想只剩下想，亲爱的，那说明你宅了、窄了。

青春里有迷惘，说明你有强大的生命力与一颗不安分的心，像心电图，有起伏、忐忑，才正常；若一帆风顺成直线，那就证明你“挂”了。难过的时候，原谅自己，你只不过是一个人而已，没必要把自己看得这么坚不可摧。

大雨过后，有两种人：一种人抬头看天，看到的是蔚蓝与辽阔；另一种人低头看地上的淤泥，看到的是杂乱与麻烦。或疯狂，或迷惘，青春的色谱绚烂而丰富，可以单纯但是不要单薄，没有迷惘的青春，要么很假，要么很荒凉。

柏拉图告诉弟子们自己能够移山，于是弟子们纷纷请教方法。柏拉图笑道：“很简单，山若不过来，我就过去。”弟子们不禁哑然。

哈佛大学有一项调查说，人一生平均有 7 次决定人生走向的机会，两次机会间隔约 7 年，第一次大概在 25 岁后开始出现，75 岁以后就不会有什么机会了。这 50 年里的 7 次机会，第一次不易抓到，因为太年轻；最后一次也不易抓到，因为太老。这样就只剩下 5 次，这里面又有两次会不小心错过，所以只有 3 次机会。

所以，迷惘归迷惘，别忘记更重要的事情：抓住机会。

踮起脚尖，我闻到了太阳的味道。

你不是寂寞，你只是不想学习

文 | 张宸恺

周五晚上你一直泡在实验室，打开 PPT 课件，只看了两页就看不下去了，网页刷了几十分钟发现无事可做，磨磨蹭蹭一晚上，最后决定回宿舍打牌。于是你觉得后悔了，觉得寂寞了，你觉得反正没有学习还不如出去玩玩来得有价值，觉得大好青春就这么浪费了。

周六的早上你起得还算早，为了弥补昨晚没学习的愧疚，你去了图书馆，打算把书从头看起，消化一下之前没听懂的。但是你耳朵塞着耳机坐下来，看了一个小时，觉得效率实在太低，看不下去，你决定上午到此为止，下午再继续好了。但是放下笔后你却不知道该做什么，不知道找谁说说话，于是，你一怒之下去影院看了一场电影。

到了晚上，你觉得这个周末过得怎么好像这么熟悉呢。

你就像一只气球，吹得鼓鼓地去学习，但被几个知识难点戳出了小洞，便一下子瘪了下来，最后拖着一副颓废的皮囊回去，边唾弃自己，边准备明天再把自己吹起来。

还有两个月你的大三生活就结束了，还有一年你就要准备滚蛋了，这些你都知道。当看到日历上的数字时你的心还是会紧一下，但每当坐到书桌前，你就突然觉得好像两个月是一段很长的时间，完全可以容忍一两天的小小拖延。

你心不安理不得地拖延着，像个傻瓜一样在拖延后唾骂自己两句，但是日子还是那样过。你想出去吃点好吃的、玩些好玩的，但是找不到人一起去，你就觉得寂寞了、无奈了，一点学习的动力都没有了。

是的，你不是寂寞，你只是不想学习。

周五晚上坐在你对面的学长刚考完一门课，却仍然在看笔记、学课件，他一直默默地坐在那里一声不吭，看起来很轻松。周六坐你后桌的同学在你来的时候就已经在那里了，你看完电影回来，他似乎只是换了个坐姿。每天早上七点多来到实验室，你还觉得很早，但是那个学长总是早你几分钟坐在位子上读英语。你在他的读书声中撕开早饭的包装袋，你觉得没什么，你自己起得也挺早。

你的脑子里塞满了生活应该有的理想化的样子，你知道该怎么做，你知道什么时候该做什么，但你就是不去做。

还有四十几天该考英语六级了，你对自己说这次说什么都得过，但是上次考前买的模拟试卷到现在也只做了几份而已。

你说这学期要科科优秀，把大一的绩点拉上来，但是到现在汇编程序语言一点都没搞懂，你还整天觍着脸坐在前几排，对着老师发呆。

你把学不进去的原因归咎于心情不好。对，你寂寞，你无聊，你的青春被狗吃了。

你想追求的一切都在看似遥远的未来，于是你想等未来来了再做决定。

对，你就是个浪费青春的傻瓜。

你知道自己想要什么吗

文 | 蒋骁飞

世界上的另外一个我，永远都在呼唤着这个我。

嘿，你是否和我一样，有时候会想，如果过去的人生的某个环节发生一点点变化，是否现在的自己是另外一个模样。我常常会在想象中回到那时那刻，让那个变化发生，然后想象其后的人生和现在会有多么不同。

于你，是否常常想，如果中考的时候，那一道题看清楚答对了，可以过分数线进重点高中，现在是否快乐许多？如果那天没有去篮球场看到他打球的样子，现在是否还是无忧无虑地心中没有牵挂？如果那句伤人的话没有说出口，那么现在最亲密的她是不是不会生气？

关于过去的种种“如果”那么神秘，就像坐船一样，我在这个码头上了岸，那条叫作过去的小船继续向前开去，我只能眼睁睁地看着它远去，它还能看见什么风景，还能经历什么奇遇，都和已经上岸的我，毫无关联了。

可是我总觉得，那条小船上，有世界上的另外一个我，她还在那里，经历着或许我本该经历的一切。或许她比我先看到我一直在寻觅的胜景，或许她比我先遇到王子，或许她寻到了传说中的宝藏。可是我在我的码头，必须徒步走下去，因为决定那时那刻上岸的是我自己。

我们是否成了对方世界上的另外一个我？我们都在各自选择的码头上岸，却发现对方去了自己曾经最向往的地方。

上了岸的你，不要在码头徘徊不前，否则你只能看着千帆驶过，白白叹息。就像我刚来德国的时候，无比思念上海的夜夜笙歌、花花世界，觉得德国语言奇怪、食物奇异。

不管你是自己决定在这个码头上岸，还是不小心被命运扔在了这个码头，你只能向前走，看看是不是有意外的惊喜等着你，或者意外的荆棘。否则你将一无所得。

你不喜欢你所在的那个学校，那么你或许可以试试看在自己力所能及的范围里，创造一个自己的小环境，让这个小环境影响周围的人。你可以试验自己的定力，你可以发挥自己的影响力，你可以看看自己的耐力，这些都会是这个意外的码头所带给你的财富。除非你站着不动，整天想象世界上的另外一个自己，才会一无所获。你要有选择的勇气，也要有承担的勇气。

说人生没有如果那是假的，关于过去的“如果”始终在诱惑着我们，不过首先要活在当下。关于未来的“如果”多么美丽，总让人心存希望。

没错，世界上的另外一种可能性永远存在。世界上的另外一个我永远都在呼唤着这个我。在我奔向那个可能性之前，我必须把这个我做好。我的每一个当下都要对得起自己。你也是，要想明白，听从内心，然后选择，走到底。即使你未必获得掌声，至少每一步都有收获，每一步你都走得愉快且心满意足，当下完满。

嘿，世界上的另外一个我，如果我和你告别，请不要思念我。我在这里，一切都好。

向往天空的鱼

文 | 曹 颖

在一次心理学讲座上，主讲的心理学家为我们讲了一个故事：从前有一条小鱼，它每天都对着天空发呆，幻想自己有一天能像鸟儿那样飞上天空，在白云和蓝天之间翱翔。同伴们都觉得它不可理喻，在水中悠闲自在地生活是鱼儿的本分，而飞到天空，是鱼儿不该有的梦想。

但小鱼并不这么想，它觉得天空之所以美丽就在于它的遥不可及，在水里，在一眼望得到底的现实里，没有梦想的生活跟一块石头有什么区别？于是，它开始向自己梦想的天空飞跃，一次次努力挣扎着跃出水面，拼命摆动着尾巴，努力向上挣扎着，体验一次又一次短暂的飞翔。它的头一次又一次地撞在水面和山涧边的岩石上，鲜血和鱼鳞四散飞扬……

心理学家讲到这里时突然停顿下来，对在场的朋友说：“接下来的故事，我想请大家来帮我讲，看看大家能为这条小鱼设计出怎样的结局。”

坐在前排的一个中年男人说：“也许小鱼在撞了几次之后，发现天空真的如伙伴们所说的那样，除了带来伤痛之外便什么都没有了。于是，它从此不再飞、不再跳，安安心心地待在水中，渐渐适应以往那些看着不顺眼的水中生活，并开始心安理得地享受鱼本来应该过的日子……”

一位戴眼镜的小伙子说：“小鱼摔伤摔痛，但它觉得每一次的痛苦挣扎都离它的目标更近一些。在一次比一次更高的跳跃中，小鱼渐渐体会到了飞翔的感觉，尽管只是短暂的一瞬，但是它却看到了水里没有的山花、树林和冒着炊烟的小木屋，还有偶尔从夜空中划过的流星和萤火虫，而这些东西是在水中生活几辈子也看不到的……”

一位老者说：“鱼儿跳出水面时，它不知道自己的周围充满了危险。一只在岸边观察了许久的鱼鹰终于动手，在空中将它抓住，在水面上划过一道漂亮的弧线后展翅高飞。在鱼鹰的铁爪下，小鱼看见自己生活的山涧一点点变小，周围的高山、村庄和田野都在脚下，它终于如愿，以鸟的视角审视了世界，但它却为此付出了生命的代价。临死前，它半是悲伤半是欣喜地长叹了一口气……”

一个十五六岁的小女孩说：“为什么把结局想得那么悲惨呢？也许是因为小鱼的坚韧和执着感动了上苍，上苍派鱼鹰来实现它的梦想，像猫妈妈叼着小猫那样，鱼鹰小心地拎着鱼，让它在天空尽情地体会飞翔的快乐……”

另一个更稚嫩的声音说：“那上苍为什么不再慈悲一点，干脆把小鱼直接变成一只鸟？”

各种各样的答案还有很多，心理学家说：“我们每个人都是这样一条鱼，我们心中都或多或少地存在着一个梦想，它就像鱼儿眼中的天空一样遥不可及。

有的人因为它太遥远而根本不去想；有的人因为其具备挑战性而挣扎着去接近；有的人为此受伤甚至付出生命；有的人牛刀小试之后发现不过尔尔，重新回到了以往的生活中；有的人被遥不可及的梦想逼迫，每天过着焦虑的生活；有的人则为实现自己的梦想，而把自己变成另外一个人……”

鱼和天空，永远是一对矛盾体。

向往天空的鱼注定是一条痛苦而挣扎的鱼，只是因为挣扎的方式不同，悲伤和痛苦的程度也不同。很多人终其一生在做的便是理顺两者之间的关系。

谁的青春不迷茫
——写给 20 岁的自己

文 | 刘 同

手边放了一张你的照片。大二的你，20 岁，一件驼色的毛衣，一条牛仔裤，一双帆布鞋，没有发型，笑得很不知所以。我还记得那一天早晨，你为穿什么样的衣服而头疼。最后因为没有时间了，于是胡乱穿了一件，在10年后的我看来，却也蛮清爽的。

现在看来，那时你处心积虑做的一些搭配，常常以失败告终，而随意搭配的服装反而显得像你。当然，那时的你是不会明白的，而如果没有当时你一次又一次的失败，今天的我或许还在老路上一条路走到底吧。

我记得 20 岁的你焦躁不堪，宿舍的兄弟们都在聊天，准备去通宵玩电脑游戏时，你表面上欢呼雀跃，心里却一直在问自己一个问题："当初我是好不容易才考入大学的，4 年之后，我该怎么出大学？"岳麓山下，橘子洲头，情人滩上，你也混迹于人群之中，看着一张张相似的脸庞，你最大的担心是：难道他们都已经知道未来去哪儿了吗？为什么只有自己那么傻？

傻到没钱买电脑，只能用稿纸一遍又一遍地写日记。因为不知道该写什么，所以哪怕写错了一个字，也要重来一遍，写字水平一点都没有提高，稿纸却浪费了不少。看着一沓又一沓的稿纸和从未发表过的文章，心里居然没有一丝的疑惑，只会告诉自己：“哇，昨天晚上又写了6页呢！如果有一天，你真的成了大文豪，这些稿纸可真的就值钱了。”——这几乎是每天你最快乐的时候。

那时很多杂志社很尊重作者，所以你也就常常会收到退稿信。上面写着诸多类似却又不尽相同的话。无非是谢谢你的支持和参与，只是你的选题和文笔不太适合他们杂志，希望你继续支持。你把这些退稿信一一留着，很大一部分原因是那些来信上都印了各个杂志社的名字，你偶尔打开看时，总幻想这是发稿通知。你偶尔会在别人面前拿出这些信来，让他们误以为你和很多编辑的关系不一般——嗨，那时的你生活得无所畏惧又谨小慎微，任何一点小的改变都会让你变得自豪。比如“那个编辑居然自己回信拒绝我了，我拿到对方的联系方式和名字了呢”。

写到这里时，我其实很想对你说：“虽然你在外人看来挺二的，但也谢谢你那种不要脸的应对方式，让我一直走到了今天，从未害怕过。”

终于第一篇文章发表了，稿费是30块钱。你当然没有把稿费取出来，而是将稿费单好好地折叠起来，放在钱包里，供人随时瞻仰，然后假装很不经意地说：“喏，这笔稿费还来不及取出来呢。”直到稿费单过期，你才把它好好地收藏起来，从未有过兑现它的念头。

这30元的稿费背后，你大概前后花了200多元请客吃饭庆祝。有些人对事情的投入是为了生活，你那时的投入是为了证明你可以。

在医院长大的你，背着你爸报考了师范大学中文系，以至于你和你爸将近两年没有对话，近乎断绝父子关系。直到你发表的第一篇写父亲的文章《微妙》发表在省刊上，被你爸看到。他开着车第一次主动去学校找你，请你吃饭。你在去见他的路上，带着170多页的小说稿，小说的名字叫《杀戮》。故事写的是什么我现在忘记了，因为它没有发表过，甚至你当初写它的时候也就没有想着要发表。我记得你对你爸说的第一句话是："爸，你看，我现在能写这么多。"

你学会了说"我很好"。

"我很好"不是指你终于熬到有了钱、有了朋友、有了人照顾的日子，而是你终于可以习惯没有钱、没有朋友、没有人照顾的日子。"我很好"是告诉他们，你越来越能接受现实，而不是越来越现实——我没你们想的那么脆弱，离开你们，我一样能过得很好。

你听说参加比赛拿奖可以加素质分，于是从大一开始就参加各种比赛。很多比赛只有几个人参加，所以只要认真参与，主办方一般都会给你三等奖，而一个院级比赛的三等奖能够加两分素质分。所以作文大赛、歌唱比赛、辩论赛、演讲赛、戏剧大赛、运动会，甚至书法篆刻大赛你都参加了。你花了 10 元钱在路边摊找人刻了一个名字，然后印在纸上，交给了组委会，获得了三等奖——这件事你得瑟了许久，你丝毫没有为自己的投机倒把感到羞愧。现在的我多少会觉得"当时怎么能这样"，可 20 岁的你满脑子都是"如何与别人不一样"。"不一样"是个特别大的命题，于是你会节约一天的伙食费去刻一个章，你也会拿着精心写的作文去参加比赛。组委会的师哥告诉你："你的文章很好，应该是第一名，但是另外一个师哥要找工作，所以这个第一名要让给他，你还有很多机会的。"他还没有说完，你便迅猛地点头，你心里想："得奖本来就赚了，还获得了学长当面的肯定……"

那时有人说你是个极其大方的人，其实你知道自己是个极其计较的人。唯一不同的是，很多计较的人常常会在事情发生时计较，而你在事情发生前就做好了最坏的打算。所以，当结果不如你想的那么坏时，你都能欣然接受。

所以有人说你没心没肺，说你二百五，你甚至有很长一段时间都认为自己真的挺傻的，现在的我告诉你：其实你一点都不傻，只是你从来没有把自己看得那么重要。

当然，你也犯过很多错误，失去了一些本该一直继续交往的朋友。但成长不就是这样吗？不是学到就是得到。你成长中所有遇到的问题，都是为你量身定做的。解决了，你就成为了你这类人当中的幸存者；不解决，你永远也不知道自己可能成为谁。

在 20 岁到 30 岁这 10 年的时间中，我们都走过一样的路。你觉得孤独就对了，那是让你认识自己的机会；你觉得不被理解就对了，那是让你认清朋友的机会；你觉得黑暗就对了，那样你才分辨得出什么是你的光芒；你觉得无助就对了，那样你才能明白谁是你成长中能扶你一把的人；你觉得迷茫就对了，谁的青春不迷茫。

闪电前的闷热时光

文 | 鲁 敏

总觉得自己没有青春期。就算有，一个字即可概括：闷。

这可能跟我离家较早有关。那时候的小学是5年制、6年制并存，我读了5年，刚11岁就离开家了。自此，我就一直生活在别人的家，然后是别人的城市、别人的家乡。好在我后来明白，其实在这个世上，我们都是寄居者。但11岁，在我还没学会跟他人沟通、跟世界交好的时候，就开始面对必须独立生存，并与外部世界协调的问题，这加重了我的紧张感和压力——我不由自主地竭力显得乖巧懂事，我不愿表现得有个性，像被在不同杯子间倒来倒去的水，总保持着跟容器的高度贴合。

同样，情感表达也是我的弱项，我反感撒娇与亲昵的行为，就算对妈妈也不会，更谈不上吐露心事；对游戏与娱乐缺乏热情；对享乐怀有罪恶感。好在，这些都不算啥，表面上一切都好，我体格强健，有说有笑，除了一个人时偶尔会感到憋闷。

这样，在亲戚家的小村子，在那个规模很小的联办初中，以及后来考上的中专，我所能做的好像就只有一件事：读书。一种无意识的权宜之计与排遣之道。

看看，书放在那儿，多好！一本打开的书，倒扣着，特别像瓦房的屋檐，令人生出藏逸之心，似乎可以寄身其下，看风雨飘摇，殊觉安稳，乃至可以终身依傍——到现在都是这样，我最爱的朋友与亲人就是书！

书的好坏深浅不论，从亲戚家订阅的《外国文学》《民间文艺》到妈妈订的《雨花》，一直到邮电学校那小得可怜的图书馆，有什么看什么，不挑，我还喜欢抄书（抄得最多的是泰戈尔与聂鲁达）；还做长篇大论的读书笔记，印象最深的是读《巴黎的秘密》《基督山伯爵》这些大部头时，因为里面的人物、事件比较纠结，我就挨个儿替人物做年表、做故事线、做家族谱系图等，把书里所有的伏笔、呼应、关节点什么的全都标出来，做成表或图，错了用橡皮擦掉修改，特别较真，像在进行一桩宏大的事业。整个青春期，没有初恋，没有口红，没有手心出汗的舞会……好似一部法国闷片，说起来都要让人打哈欠。

稍微有点戏剧性的细节，发生在我工作后的一个黄昏。

其实，从学校毕业，参加工作，这按部就班的慵懒生活也许本足够淹没各种不切实际的幻想，但很奇怪，写小说的念头似乎在这时开始出现苗头。

我的第一个工作单位在南京偏北方的一个30层的写字楼里，从办公室向外俯瞰，可以看见小半个南京城，看到下面各种各样的人，看他们的头顶：小贩、警察、送水工、餐馆侍者、教授等，无一例外，他们全都方向坚定、匆匆忙忙，像奔流不息的水一样刷洗着整个城市。那是个黄昏，光线半明半暗，天空中垂挂着造型古怪的浮云，把我的视线从天空往下移动，当我看着他们，看着那些跟我一样的人，看着他们的头顶像在大海中那样起起伏伏，强烈的焦灼突袭心头，如惊涛拍岸。

我知道，我看到的其实是一种假象：所有那些人，并不真像我所看到的那样，不，在目光所及的外表背后，他们还有另外的感情和身世。每个人都有一团影子那样黑乎乎的秘密，像镣铐一般深锁内心。对了，就是那些深沉的秘密、那些长长短短的影子，一下子击中了我，像积蓄多年的火山终于找到了一个突破口。我迫切地想要贴近他们的心肠，感知他们的哀戚与慈悲。这就需要一个合法的工具——小说！它就是一台高倍的、夸张的乃至有些变形的望远镜与取景器，给我以无限刺探的自由和疯狂冒险的权利。

正是这个平淡而致命的黄昏，1998 年，我 25 岁。如闪电来袭、惊雷响起，我烦闷而紧张的青春期，像一个漫长闷热的午后，结束了。我找到了走出窄门、通往世界的途径。生理与心理上的青春期结束了，文学的青春期开始了。

坐到电脑前，打出了我作为写作者的第一行字，那是我的第一篇小说——《寻找李麦》。在那个被圈点过的黄昏，它来了。

命运对我们的爱，藏在练习期

文 | 韦 娜

我对“43”这个数字有莫名的好感。

最爱的一本书《小王子》里，小狐狸坐在小王子的身边，陪着他看日落，看了一次又一次，内心汹涌澎湃，直到看了43次，小王子终于离开。小狐狸却一句话也没有说。每次看到这里，我都觉得小狐狸很傻，“像风吹过金色的麦田”，或许是她安慰自己的傻话吧。

读这本书的时候，我还在上高二。由于太沉迷《小王子》这个故事，从课间一直读到了下一节课上课，我甚至没有察觉英文老师叫了我的名字，让我去讲台上默写单词。

她走到我的面前，没收了我正在读的书，全班同学都在看我。其他的我什么都不记得了，只记得他们哄堂大笑的声音，还有我碎了一地的自尊。

可放学后，我还是鼓足勇气，想去找英文老师要回《小王子》那本书，我想看完它。虽然英文老师是一个很凶的女老师，但我想试一试。

我到她家门口等她。她很晚才出现，看到门口的我，很惊讶。大概是被我的执着感动，她说第二天上课，会把书带给我，但会让我去讲台上默写英文单词，希望我不要再出丑。

如约，以后的英文课，我再也没有出过丑。因为这次经历，我开始喜欢这位很凶的英文老师。

她似乎也关注到了坐在角落里的那个黑黑胖胖的我，会不时地和我聊天，问我最近在读什么书，有时也会给我推荐一些好的翻译作品，并让我把看过的书讲给她听。

我最初的阅读书目，的确是来自她。年少时，我不懂珍惜与她交流的机会，但现在回想起她，脑海中会不断地美化她，觉得她好像一直站在午后的阳光里，和我安静地交流她在大学时读过的一些好书。我很怀念她。

读高中时，特别辛苦。除了平时上课，假期和周末还要去学画画，但只要有空闲的时间，我就开始看书。

后来，上了大学，在画室里画画，就我一个人在画牛头。一个男孩跑来，站在我背后很久，突然说了一句："你画的这个马头很美。"

我无奈地告诉他，自己画的是牛头。虽然他认错了，但我还是觉得他很可爱，莫名开始喜欢他。

西南交通大学当时有去法国读书交流的机会，他因为成绩优秀，就被交换到法国读书。我表明了自己的心意后，他说，假如我能给他写100封信，他就答应和我在一起。

可当时我真的不知道写什么，只好把我看过的书，写成故事，用电子邮件传给他看。他也会回我的邮件。我写到第43封的时候，突然间没了力气，不愿再写，一段朦胧的好感就此止步。

但直到今日，我还是很感谢他。如果最初和他没有100封信的约定，我不会去看那么多书，更不会颇费苦心地把很长的故事，用自己的方式复述出来给他看。

10年后，我成为读书会的一个阅读推广人，我要做的工作，就是把自己看过的书讲给别人听。可命运早在这之前，就开始让我练习读故事、写作、感受，而我并未察觉。

我开始相信，每个人都有一段很长的练习期。一个人的时候，练习怎样去生活；两个人的时候，练习怎样去爱、去理解、去付出。只是命运让你练习这些的时候，并不会告诉你，在后来的生活中它要送给你怎样的礼物，让你的人生得到怎样的嘉奖。

感谢那些练习的时间，让我懂得了爱，懂得了什么才是最好的、最适合自己的生活。我年轻过，热泪盈眶过，冒失跌倒过，被人嘲讽过，也曾一个人走过风雨、陷入无尽的绝望，但我走过来了。在当初的那一刻，我曾怨恨上天不公，可走到现在，我想，不妨把所有过去的时间，以及当下，当作一段未来的“练习期”吧！

青春是不断地“试错”和“纠错”

文 | 麻 宁

我有一个表妹，比我小 9 岁，现在在家乡一所普通本科院校读大一。在微博和微信朋友圈中，常能看到她在转发着 10 年前大概也能打动我的东西，比如：“加油！总有一天你会成为你想成为的那个人。”

我不知该如何向表妹形容我看到那条微博后的感慨，其实我很想对她说：“等你到了我这个年纪，会发现有时候虽然你成为你 10 年前想成为的那个人，可未必会觉得生活有多幸福、多完美。”

这样说并不是想给表妹泼冷水，更不是想让她在最应该努力的年华放弃打拼和努力。“没有人能永远青春，但永远有人正青春着。”我怕的是，10 年之后你会发现，你当初“正青春”时孜孜以求并为之不懈努力的那个目标，它可能符合社会对“成功”的定义，符合家人的期望，符合少年的骄傲，却完全与幸福快乐无关。

反思我的整个大学时代，那个时候我被广播学院播音系提前录取，莫名其妙地与厦大中文系擦肩而过。纠结于“不能在一所综合性大学里度过自己的青春时光”的我，铆足了劲儿要通过考研改变这种状况。于是我从不逃课，每堂课坐第一排，每年都拿第一，把笔记做得全校传抄……即使毕业6年后的现在，母校里还流传着我“学霸”的传说，大四的时候我毫无悬念地保送北大。零逃课、零挂科、零犯错的大学生活，看起来金光四射，实际上却因为毫无破绽而不够难忘，以至于当我看过赵薇的《致青春》后，竟无法从她描绘的大学生活中，找到一丝共鸣。如果按照表妹今天“加油”的观点看，当年的我足够努力、足够勤勉，可是今天的我回头再看，却觉得遗憾。

幸福是如人饮水冷暖自知，幸福又是甲之蜜糖乙之砒霜，幸福有时还是这山望着那山高。10年前我常想“全北京听我说”的感觉真霸气、真拉风，如今我成为一名新闻主播，在全北京收听率最高的电台播新闻，可我又觉得“多一点陪父母的时光最幸福”；10年前我看着那些妆容精致的学姐，觉得她们拎Prada的手包、戴Chanel的眼镜真高端、真优雅，如今我在北大新闻学院新一届学弟学妹的毕业典礼上作为致辞嘉宾出现时，却又暗自羡慕他们的年轻……当然，往昔的“加油”没有错，问题是，“想成为的那个人”常常是个动态调整的目标。那么，难道我们要因此停下追逐的脚步吗？恰恰相反，如果今天的我可以给10年前的自己写一封信，我一定会告诉她：“亲爱的女孩，尽情追寻你喜欢的东西吧，但追寻的过程中，也别忘了偶尔停下脚步，发现和享受身边细微琐碎的美好。”青春是由“试错”和“纠错”组成的，过于完满有时也是一种缺憾啊。

那一年，一本没读完的书

文 | 苏 芩

大概是小学三年级的那个暑假。时间过于久远，记忆里仅剩电风扇的转轮声和窗外成片的蝉鸣声。我们这一代的很多人和我一样，寒暑假都是在爷爷奶奶家度过的，这个时间段会有大把无聊的时间。有一次，我百无聊赖时，在叔叔的房间里翻出了一本小说，书名我完全不记得了，内容是一个 10 岁左右的小女孩因为“不听话”被卖了，她每天挨打，要做好多脏活、累活，天天栖身于阴冷的厨房里，逃跑了许多次，但每次都被抓了回去，继而被打得更狠。

女孩如此倔强，命运如此不堪，令我每天都急盼着叔叔上班，好偷偷进他的房间，关注女孩逃亡大计的进展。无奈上小学三年级的我识字水平有限，踉踉跄跄的阅读使我的阅读进展极其缓慢。大概四五天之后，我被叔叔发现了，他毫不留情地没收了小说，把我的小学课外阅读材料丢过来，说：“小孩不能看这样的书！看你自己的书去！”

余下的假期我一直惦记着：“那个小女孩到底有没有逃出去？没逃出去会怎样？如果逃出去了又会怎样？”

或许是从那时候起，我对好强的女孩就格外青睐，似乎这也成了我日后性格的基调，以至于在初中一年级读到《飘》时，顿时觉得自己与斯嘉丽简直是一见如故。

整整一年，我动用了各种时间来读这位“乱世佳人”，把英语书的书皮儿撕了糊在上面，上学时看，放学后看，期末考试的前一晚还在如痴如醉地看，爸妈一直说：“就考个试嘛，不用那么紧张吧。”当然，成绩出来，英语分数并不高。

那时候越看到后面越怕看完，当看到书页只剩薄薄一沓时，失落感无可名状。一年中这本书连续读了几遍，至今仍然清晰地记得斯嘉丽决定去亚特兰大借钱时，把母亲的窗帘改成“战袍”的情节。后来央视录制一期节目，我对一位衣着邋遢、总是遭遇不顺的女孩说：“你穿什么样的衣服，你就是什么样的人！”那一刻，我的脑海里快闪出的就是一身墨绿色天鹅绒窗帘改成洋装的斯嘉丽。

后来我想，那样决绝的新衣，恰如其分地描画了一个永远不向厄运低头的斯嘉丽。而这样的斯嘉丽对我而言，似乎是另一种心理补偿，命运在这一刻获得了圆满。她已经不是哪一个单独的个体，她代表了一个类群，对一个刚刚进入青春期、人生观和世界观正在萌芽的女孩而言，那种骨子里的韧性，心向往之！

从不对命运弯腰称谢，除非它给予的正是我想要的。至今，我仍然只认同这条真理。

我希望时光倒流

文 | 于 震

七八岁的时候，是练柔韧性的最好年龄，可惜当初没有意识到。当我二十四岁想要学习舞蹈的时候，重新练柔韧性变得十分困难，每天都很疼却仍然需要练很长时间，有时第二天起来都不能恢复，只能拖着疲惫的身躯去工作。

十岁左右的时候，弹跳和协调性本可以在这个年龄有很大提高，为诸多运动打下好基础，可惜当初没有意识到。当我二十四岁时，想要尝试玩跑酷，这些基本功要从头捡起，我的时间却再也不允许我天天去做这些了。

十一岁的时候，姥姥、姥爷让我学小提琴，我不理解为什么要这么做，后来搬到了爷爷奶奶家没多久便放弃了。当我之后再拿起小提琴时，我发现我早已忘记了所有的旋律；当我想要在喜欢的姑娘面前一展歌喉的时候，声带已经让我既唱不出高音，也唱不好中低音。

十四五岁的时候，正是需要我们开始保护视力的时候，还是因为没有意识到，结果眼镜从十八岁开始戴上就再也摘不下来。你要知道，深陷的太阳穴是多么的可怕，这时我才知道不戴眼镜的帅哥才是真的帅哥。如果不通过医学修复，我想这辈子应该没机会了，而且医学修复还是有风险的。

同样是这样的年纪，同样是这样的事情，还有很多，比如矫正牙齿、预防驼背，保持正确的站姿、坐姿、走姿等等。我曾经真的很不理解为什么有些家长要让孩子做这些，有个轻松的童年多好，在外面疯闹多么自由。但是当我真正看到这些事情开始发挥作用，而我因为没有意识到而不具备这些条件，并且甚至如今都不能弥补，那种失落感让我真的想回到那个年纪去忍受那些痛苦。

当然，不仅我曾经不理解，在那之后的很长一段时间里我都不理解。我不理解这么做的意义，也看到了太多强迫和跟风的影子。可能正是因为父母并不理解这些事情的意义，没有言传身教地做好表率，这种所谓的“强迫”显得特别剥夺童年的快乐而且异常残忍。

我们经常会羡慕美好的东西，但是直到我二十四岁才真正开始懂得，这些美好的东西需要积累和付出的代价超出我们的想象，更重要的是这种付出和代价并非只要旁人的艳羡，当一个不戴眼镜，牙齿整齐，站、坐、走姿正确的帅哥或美女出现的时候，当他 / 她还能跳一段帅气优美的舞蹈的时候，当他 / 她还能进行一场有艺术性的跑酷的时候，他 / 她一定能感觉到音乐、舞蹈、美丽给他 / 她的生命带来的快乐和意义。

我今年二十四岁，尽管我如果不放弃也有再次摘掉眼镜、重新矫正牙齿、再次学好舞蹈和跑酷的机会，但是真的，如果可以，我希望时间可以倒流。

小时候想做但没能做的事

文 | 巫小远

很想离家出走一次

我第一次看到“离家出走”这4个字，应该是在一本作文书上，具体内容是什么我记不清了，只隐隐记得，一个学生考试考得不好，为免遭家长打骂，索性选择离家出走。我当时觉得这个人挺矫情的，因为文章的最后，是他离家出走后没多久就被家人找到了，然后大人们抱着他痛哭了一场，并表示以后再也不会打他了。看完以后，我心里就想，这也就是在他们家，如果是在我们家，我妈找到我以后，肯定会暴打我一顿，然后声调很高地说：“以后还跑不跑啦？长本事了你！”

有一年夏天，我妈买了几只小鸭子。我家的院子不大，小鸭子又爱到处乱跑，我妈为了不让它们跑丢就把它们圈在厕所里。有一次我上厕所时没看清脚下踩了什么东西，等我发现的时候已经晚了，一只小黄鸭被我踩死了！我脑子里闪现的第一个念头就是，这要是让我妈发现了，我不被打死才怪！第二个念头便是，我要怎样才能逃过这一劫？可还没等我想出对策，这件事就被我妹妹发现了。她幸灾乐祸地对我说：“哈哈！你完蛋了！我要告诉咱妈去！”这可如何是好？“离家出走”这个念头就出现在我的脑子里！于是，我就逃命似的跑到了外面。可是，到了外面我又开始犯愁了：我该去哪里呢？我们村就这么大，别的村我又不熟，万一在路上碰到坏人，我该怎么办呢？

那一天，我一个人在村子外的田地里兜转了一个下午。一到晚饭时间，我就灰溜溜地回了家。

我妈并没有打我，她说：“如果你是故意的，我今天不但会打你，还会罚你不能吃饭。不过，看你这个样子，就知道你已经认识到自己的错误了，我也就不责怪你了！”那天晚上，我觉得我妈真是世界上最好的妈妈！可是，我心里还是有些遗憾，觉得在弟弟妹妹面前有些抬不起头来，毕竟我一开始的想法是要让大家出去找我的！结果却是大家根本就没找我，而是我自己跑回去的！

我总觉得，能在年少时离家出走一次的孩子都挺潇洒的。当然，前提是安全第一！

很想上学不背书包

其实我上小学时背的书包并不沉，而我很想上学不背书包，则是因为我每天都能碰到不背书包上学的高年级同学，他们每天中午回家吃午饭时，都是两手空空，很酷、很轻松，所以我也想上学不背书包！

有一次我忍不住问了一个高年级的姐姐：“你们为什么可以上学不背书包呢？”她对我问的问题感到很奇怪，但也颇为耐心地回答了我：“因为我们长大了，因为我们的书太多，因为我们中午吃饭的时间太短了，因为我们要做的功课实在是太多了！”

我也想上学不背书包，却始终未能如愿，因为我妈说，放学后必须把书包背回家，如果把课本或铅笔弄丢了，她不会给我买新的。其实，我不想背书包上学还有一个原因，就是我觉得我的书包太丑了，别人背的都是那种带拉链的很时髦的双肩包，我背的却是我妈用旧衣服缝制的布包！

很想买很多很多的书

我小时候特别爱看书，尤其是故事书。

我妈不识字，每次和她一起去集市上买东西，卖东西的小贩总是会说："我不会骗你啦，你看，这上面都写着呢！”这时候我妈就会特别窘迫，往日里在我们面前的威风也都不见了！这倒也罢了，最让人讨厌的就是每次和我妈去银行，每每银行的职员指着取款单的某一处说“把你的名字签在这里”时，我妈的脸色就很难看。而那时乡下的银行职员不知道是见惯了这些农村妇女不会写字，还是压根儿就瞧不起没文化的人，总之，如果你半天都没把自己的名字签好的话，她们就会很大声地嚷嚷，然后说一通很难听的话。每当这时，我就会觉得我妈特别可怜，那么大年纪了还要站在那里被别人骂。

我很清楚地记得有一次，我妈带着我去银行取钱，当时我已经念小学三年级了，也会写我妈的名字了，但我毕竟还是第一次在银行填写单据，所以一紧张就把名字写错地方了。那天值班的是个男职员，大概看我是个小孩子，所以讲话很不客气。我妈很大声地与那个职员吵了起来……那一刻，我特别难过，并在心里发誓，一定要好好念书，一定不可以再把名字签错地方，一定不可以被人嘲笑没文化！

然而，我却未能如愿。虽然好好念书了，虽然每次去银行都不会把名字签错地方了，可是多看书这件事却始终没能完成。那时候家里的经济条件很不好，我爸在外地工作，一整年都挣不了多少钱，家里还有 3 个孩子要念书，我妈又没有工作，所以我们都尽量不给家里增加负担，这大概也是现在我每到书店就不想出来的原因吧！

小时候想做但没能做的事实在是太多了，多得直到我现在想起来，心里都会有一种酸楚的感觉。或许那些事根本就微不足道，可是在年少的时光里，谁会没有想做但又不敢、不能去做的事呢？即使那些事在今天的我们看来是如此可笑。

我常常想，如今的这些孩子，或许是幸福的，他们想要什么或是想做什么，往往很容易就能得到。然而，他们的心却不似我们当时那般柔软，那般容易感动，那般容易满足！

有人说，人生不要有缺憾，可我想说，有缺憾并不代表不完美，有时候缺憾也是一种美，能带给我们另一种味道，那是一种让你想之又想、回味无穷却又再找不回的味道。而有些人正是因为有了年少时的种种缺憾，所以在之后的岁月里，才会比别人更加努力和珍惜。

关于零食的疑惑

文 | 渭水长安

弗洛伊德说："那些被压抑的，最终都会以更丑恶的方式展现出来。"这些年来，关于零食，我一直有个疑惑：身为一个成年人，我却仍沉迷于五毛或一块钱的辣条，是不是童年吃不到垃圾食品导致的补偿心理？

读小学时，大部分同学都很穷，没什么零花钱，但和我相比，同学们又富裕很多，因为他们可以自由支配买早饭或是午饭的钱。一下课，他们就一起风风火火地下楼买零食，再赶在上课前冲进教室。夏天冰冻过的杨梅，紫红色的果实，一颗下去"透心凉心飞扬"；冬天五毛钱一杯的粉丝，放了榨菜丁、葱花、麻辣鲜和喷喷香；油里炸出来的年糕，刷上酸甜的番茄酱或自制辣酱；还有四季常有的魔法士干脆面、香菇肥牛、大大卷泡泡糖、各式辣条……令人垂涎欲滴。

我的早饭是在家里吃的，外婆每天早上五点半起床给我做早饭，说是吃了早饭肚子热乎乎的，出门不容易生病。午饭是自己带了米，在学校用铝制饭盒蒸，菜是外婆早上或是前一天晚上炒的——至今还能回想起，梅菜扣肉因为放了很多猪油，在冬天结起了油花，被一位同学惊呼长霉了。零食是家里买的苹果、饼干之类，外婆说健康又美味。

有时候下雨天，外婆会来接我放学，路过校园外一家又一家围满了同学的零食摊，外婆会问我：“你要不要买零食吃啊？”我就刻意表现出不屑一顾的样子：“这些零食脏死了，我才不要吃呢，我喜欢外婆给我做的好吃的。”外婆听了就笑眯眯地说：“好孩子，这些零食不知道怎么生产出来的，又贵又不健康，你想吃炸年糕、炸薯片，改天外婆给你做。”看见那些为了一口零食就撒泼打滚缠着家长买的孩子，外婆就更得意了：“我这外孙女真乖，从不让我操心。”可是炸年糕太费油了，外婆一次都没做过，我也从不提起。

后来弟弟上小学，会缠着外婆、妈妈要零花钱买零食吃，外婆一边念叨着“你姐小时候从不吃这些垃圾食品”，一边从口袋里掏出硬币给弟弟。我也疼爱弟弟，每周放学回家，都会买些零食带给他。带弟弟出门玩的时候，我跟他说：“想吃什么就告诉姐姐，不用替姐姐省钱。”弟弟说不要的时候，我总担心弟弟是因为懂事而压抑自己的需求。

如今我的工资可以让我自由地想买什么就买什么了，那些童年时没能吃到的廉价垃圾食品，就成了我时不时惦记的东西。成箱成箱的垃圾食品通过快递被送到办公室，同事们吃着进口零食、低油低卡的轻食，都笑话我，怎么净买这些便宜货。他们不知道，那一袋袋被称为垃圾食品的辣条，曾是我久久的渴望。

十七岁食事

文 | 段雨辰

高二刚分到新班级，我仍经常沉浸在旧的关系网络中，在一种“举目无亲”的悲凉中无法自拔，幸运和快乐都微乎其微，更多的是一种手忙脚乱的不知所措感。熬过一周，失魂落魄地在学校对面的小店买炸鸡排，又想起英语课上做的有关“emotional eating”（情绪化进食）的阅读理解，我叹了一口气。店主问我：“要什么味道的炸鸡？”我小声说：“要甘梅和黑胡椒味。”店主又问排在我后面的同学，一个熟悉的女孩子的声音对店主说：“和她一样。”

我一扭头，看见我的同桌正一脸灿烂地冲我微笑，向我摆着手。我也冲她微微一笑，像上课时扭头和她对视一样。

食物是打破人们交往壁垒的渠道，十六七岁，正是胃口极好、很容易饿的年纪，“我好饿”，大概是每天说得最多的一句话。大家都会带很多吃的来学校，然后在同学间全部分掉，没人真正在乎自己最后留下了多少。分享的过程确实带给人一种巨大的满足感，大家一起拿起小圆饼干，像模像样地碰在一起说“干杯”，然后塞到嘴巴里。这种活动偶尔也在上课的时候进行，只要老师一转过身开始写板书，大家鼓鼓的腮帮子就开始蠕动，有时候塞进嘴里的是巧克力饼干，一笑，牙齿都是黑的。

我在教室后面的小花盆里种了几颗绿豆,在它们长出了矮矮的小苗后，每次我去浇水，都有人问我：“能吃吗？”“能吃了吗？”

真应该把那些真挚可爱的面容画下来。

我的前桌崇拜一个日本漫画家，她常把那个画家的书带来给我们看，全是关于食物的，很能治愈心灵，看完后心情可以立马变好。她说自己是一个感性的人，最容易被食物所蕴含的人情所打动。

其实不光她如此，图书架上，那些对食物描写有格外兴致的作家显然是更受欢迎的，所以他们的文集——但凡有关于吃的内容的章节，总是磨损得更快，而这些对食物有着非凡热情的作家们，似乎也因此变得可爱了起来。

比如读《雅舍谈吃》。我看到尽兴处会满心欢喜，招呼前后左右的人，一起分享一种穿透文字的心理饥饿感。

“看这儿！看这儿！”有人指着被标记的段落，三四个脑袋凑到一起完成一次兴致盎然又庄严肃穆的默读，想象中的味道唤醒味蕾，然后在不言中，仿佛能听见响亮的吞咽口水的声音。食物带来的分享交流的欲望逐渐接近饱和点。

哗——开始了！某人开始带头分享自己尝过的某种食物的体验，或分享自己的看法或见解。

“我去广西玩的时候吃过这个！”

“羊肉太膻了。”“我觉得还好啊！”

“我想吃拔丝红薯……”

“我也想……”

但谈论最多的永远是那些似乎已经失传的手艺，紫薯焖肉、金华火腿烧墨鱼片……我们努力想象不同的食材通过不同的组合和做法所呈现的口感，这不是一件容易的事。汪曾祺对这种失传总是遗憾怅惘，可我好羡慕他。食物是有时效性的，它们最后变成一小部分人的独家记忆。它们的全部信息也像被压在玻璃夹片中的标本一样，变成薄薄的念想。

所有的食物都会过期，可是吃到它们的时候，你可以假装安慰自己给了它们永恒。

我刚刚开始留心食物华美外表的陷阱。“刚刚开始”意味着在这件事上的意志力和执行力还很薄弱。对食物，尤其是对高糖高脂的食品，总是欲拒还迎，可是一想到金黄薄脆的薯片塞到嘴里咀嚼时的炸裂声和脂肪颗粒在舌头上喷薄而出的感觉，想到一抿嘴就几乎化掉的半熟芝士的奶香气息在口腔里荡气回肠的感觉，我就意乱情迷。

吃是一件快乐且任性的事情，代表着一种率真和孩子气，可好像也只有在某一年龄段才能真正肆无忌惮地食你所想、食你所爱。一些明星被讽刺卖“吃货人设”，也是如此。

“多大的人了，你不管理自己吗？明明在努力保持身材，还要所有人都以为这是天生吃不胖的瘦人体质，这不是拉仇恨吗？”

可事实上，人类对食物的热情确实是无限高涨的，只是随着认识的提升和对自己愈发严格的要求，才知道有些放肆和不修边幅是不对的，是对自己不利的。于是开始学会在控制中经营自己，压抑——至少是暂时压抑口腹之欲。

我姐姐就属于那种十分自律的人，她有规律的作息时间，清晰的课程安排和严格的饮食限制。奶茶店开在健身房楼下，她从来都是目不斜视地径直走过。只有一次她走了进去，那是在她完成把体脂率降到 15% 以下的目标时，给自己的小小奖励。她犹豫了很久，终于小声点了一杯乌龙奶盖，不加奶盖。我和店员都愣在那里，面面相觑。

我小时候挑食，不吃的食物能列出一张长长的清单。那时候，我对食物的鉴赏很单纯，不会去考虑它的营养价值、昂贵价格和深藏背后的人文底蕴。只要好吃，就深得我心。

长大后，那些我不吃的东西确实变少了，原因很多，但我更多地把它归于“第二味觉”的发育，带给我体验食物口感的无限可能性，尽量多去尝试，不能太过执着于自己原来的喜恶。

少年在饮食中交际、挖掘、体谅、怀念，这大概是某种历程的缩影。比如我的热爱、选择与权衡。我还有好胃口，还可以在回家的前一天给妈妈打电话，告诉她明天中午我想吃板栗鸡块。我还有成长的能力和食物支撑下的努力方向，这就让我对一切食物的热爱都有了可以被原谅的理由。

一颗糖的幸福

文 | 小妖寂寂

还记得那年暑假，经过一番折腾，我终于抵达姐姐所任教的学校——埃塞俄比亚北部的默克莱大学。我的初衷是从国内苦闷无聊的日子中逃离，到非洲大陆来旅游度假、体验异国风情。至于对姐姐所说的“到埃塞俄比亚之后，你很快会知道在国内的生活堪比天堂”等诸如此类的话，我当然不信。

结果我第一天出门，就在山脚下（任教的老师都住在半山腰的公寓里）遇到了衣衫破烂的姐弟四个。十二三岁的女孩带着三个弟弟，背上背一个，手里牵一个，身后还跟着一个。

同行的姐姐问我身上有没有带着零食或者小玩意什么的，但我摸遍口袋，只摸出一颗糖来。四个孩子却只有一颗糖，我有点儿尴尬。我还来不及做什么动作，就看见那个女孩眼睛发亮地盯着我手中的糖，她一边很惊喜地向我点头道谢，一边忙不迭地把这颗糖接过后剥开了糖纸，抬手就塞进了背上孩子的口里。谁知旁边稍大的孩子却马上哭了起来，他伸长手向小弟弟要，另一个见状也凑过来开始抢夺。

一时间三个人都哭闹起来——就为一颗糖而已。我瞧得目瞪口呆。

最后的解决方法是，女孩把糖从小弟弟嘴里掏出，将其咬成三块，于是三个弟弟都分得了一份。破涕为笑的男孩让这位小姐姐露出了满意的笑容，但她的下一个举动彻底震撼了我——她竟然小心翼翼地把糖纸凑近嘴边去舔！

我这才知道，在土地贫瘠、物资匮乏的东非高原，吃一颗糖，对绝大多数孩子来说就是一种奢侈的幸福。而他们的生活状态，从那个小女孩因不舍得浪费而伸出舌头舔掉糖纸上最后一丝香甜味道的行为里，也能一览无遗。五味杂陈、不知所措的我终于意识到，自己一直以来对于幸福的认知被彻底颠覆……那天，也许是为了感激我赠予糖果，也许是为了讨要更多的糖果，总之，那姐弟四个跟了我们好长一段路。直到我姐姐告诉她我们就住在山上，欢迎她改天来找我们玩，她才转身带着弟弟们离去。

那一个多星期里，我在姐姐的住所范围内，用蹩脚的英语与附近居住的教职工交谈，试图多了解一些当地的情况。时常会有孩子过来打招呼，在他们眼中，我姐姐这个中国老师的房子，简直就是一个糖果屋。而每次从我们手中接过一些花花绿绿的糖果，或者一把葡萄干、几块饼干时，他们脸上的笑容都特别灿烂。

但是我一直没能等到在山下碰见的那个女孩。对她我觉得心里有亏欠，于是在离开埃塞俄比亚的前一天，我在包里装了不少零食，央求姐姐带着我到山下去转悠，希望可以再碰见她一次。

没想到刚走到街上，我一眼就看见了那个女孩。她这次只带了一个弟弟，正蹲在路边，直勾勾地看着商铺橱窗里的糖果，眼睛里满是渴望。等到我把包里的零食拿出来送给她时，她兴奋地尖叫了一声。得知我就要离开，她的神情露出了一点不舍，然后似乎在内心挣扎了一下，最终从口袋里掏出一样东西塞到我手里。女孩很慎重地告诉我，这是她最喜欢的玩具，现在送给我。我低头一看，眼泪差点就要涌出来——她口中珍贵的玩具，只是一个粉红色的饮料瓶盖子……

从埃塞俄比亚回来之后，我还常常想起那短短日子里的见闻。每次遇到烦心事的时候，我都会把那个女孩送给我的瓶盖拿出来看看，想想这个世界上还有那么多的孩子，他们最大的希望，也许只是想要一颗糖，来让自己忘记生活给予的忧伤。

这么一想，我就会反省已拥有无数颗糖的自己，到底还在抱怨什么？

写给自己的信

文 | 刘若英

RENE：

好久没有给你写信了，你还好吗？

都忘记你是何时开始不过生日的，最近想起你16岁的生日，疼爱你的祖父母把你所有的同学请到家里为你庆生，最后拆完礼物，大家捧着蛋糕，围坐在祖父身边，听祖父说着抗日事迹，你心里嘀咕："革命跟生日有什么关系啊？"

后来你出国读书，21岁那一年，你跑进Liquor Store，扬起头骄傲地把驾照放在桌子上大声说："我今年21岁，我要买酒，我合法了……"那个店员根本没有检查你的驾照，就笑着把酒卖给了你。然后，你宿醉了3天。

现在，跟你说那些过去的人一一离开了，而你自己也有很多精彩的过去了，再也没有兴趣买醉了，因为你终于懂了，人生本身就是醉一场。

这几年看似平静的你，其实在某些事情上还在适应与学习。老天总有很多方式来考验你"以为"的安逸人生。

诚实面对自己，需要更多的残忍，伤人也伤己。

安逸幸福时，你还是会感到孤独、愤怒、渴望、无知，这些是每一个人诚实面对自己时都会有的。这些感受跟生活是否幸福无关，跟任何人都无关。我也想偷偷告诉你，其实每天只告诉你世界多美好的人，跟你一样。只是有些人总跟自己较劲，而有些人愿意让自己停留在他们想要看见的世界罢了。你要相信，不管你勇敢大步往前走，或者犹如现在暂时停下脚步，都会是很好的经验。你多么幸福，有选择的权利，因为不管你做什么，都有那么多疼爱你的人陪伴着你，甚至纵容你……所以我也要提醒你，不要太任性，要珍惜。请记住，你有情绪，别人也有，要珍惜包容你这些小情绪的人。

第一次走上舞台的你，心跳起码120。临上舞台时，多少嘱咐犹在耳边："要这样，要那样，不要怕……只要大声唱！"其实你那时就知道"学习飞翔之前，要学习降落"。人生有很多舞台、很多角色，我庆幸你自己勇敢地转换，想想你过去扮演的角色，你都要投入那么多的心血去研读、去练习。更何况现实的角色，没有剧本，没有导演，甚至有一天在你倒下前都没有人为你喊"cut"。但是别害怕，记得你总告诉自己的"永远去享受自己的选择，酸甜苦辣都是滋味"。

自己的选择，是个如哲学问题般的议题。年纪越大，自己的选择牵扯到的事物越纷乱，年少时的选择只需燃烧热情，现在什么选择都是意志力的磨炼。但始终是选择并不难，勇于面对才难。

以前你总是很潇洒地说："我才不怕老呢！谁没年轻过？"最近总看你照着镜子，看着照片，然后努力捡起碎落一地的玻璃心，这个我真是帮不到你，只希望你老得开心、老得理直气壮、老得优雅……希望你再老一点，你就不会像现在想要抓紧青春了……到时候我相信你会更快乐。

现在你一定又在翻白眼，觉得我啰唆，哪有那么严肃严重啊！是啊，你的朋友都知道，你怕啰唆……

今年还是给你一个安静的生日，记得吃一碗面哦。

青春密码

文 | 张小失

那年他 14 岁。为了不让父母偷看他的日记，他萌生了改造汉字的念头，并且他做到了。

他先是将最常见的几十个汉字偏旁部首转换成其他符号，例如，“张”——“弓”用“G”代替，“长”用“2”代替，那么，“张”就变成了“G2”。他很激动，因为将一篇短文改造成自己的文字后，他看见了崭新的风景。这道风景相当于今天用电脑密码生成的一篇文章，估计没有任何人能看懂。所以，这个少年获得了前所未有的安全感。

这个少年就是我。当年的那些符号有英文、日文、韩文、俄文字母，还有阿拉伯数字和我自造的符号，总数达 180 余种。这项浩大的工程花了我一个暑假的时间。180 余种符号的出现，其实是我的无奈之举。它们绝不是一朝一夕就可以记住的，为了熟练运用这些符号，我每天要用两个小时写日记、阅读以前的日记。长此以往，我的写作能力竟意外地取得了进步。

开学后的第一天，我回到熟悉的校园，看见老同学，真的很想炫耀一下，但是我忍住了，我想听见他们的惊叫声。晚自习时，我将日记本光明正大地摆在课桌上，然后假装出去散步。回来时，果然看见几个同学围在那里叽叽喳喳、指手画脚。那样一篇篇的“密码文”，让他们欣喜、惊奇。我很得意，因为他们被我的“发明”征服了。

很快，我的“发明”传遍了全班。那段时间，不时有同学前来参观我的日记本。最后，连老师也知道了。看了我的“密码文”后，他很不高兴，在一次班会上不点名地严厉批评道：“有的同学，不务正业，将伟大的汉字当作儿戏，太不像话了！”那时，全班同学的目光都转向我，我羞愧极了，只想找个地洞钻进去。同时，我也对老师产生了敌意，将他的名字用我的符号写成“NC6JJ54T”，然后用红笔在上面画了一个大大的红叉。

10年过去了，我发现，我的日记中已经好多年都没有“密码”了。难道我没有隐私了吗？不是的。真正的隐私全被我藏在内心深处了，现在的日记则成为流水账，记述的都是平淡无奇的时光。而少年时代的隐私在今天看来，简直就是一幅幅纯洁的青春速写。是的，在我的内心真正充斥着“密码”的时候，我的日记中反而没有“密码”了。

我的两个世界

文 | 姜 昕

小女孩独自趴在窗口。她的一只胳膊撑在窗台上，手托着腮，另一只手拿着一支铅笔，嘴巴咬着铅笔顶端的橡皮头；她微微仰着头，轮廓初现的脸上一双黑白分明的大眼睛定定地注视着窗外；她的面前摊开着一个日记本，那是她的“秘密日记”，那一页除了顶部的日期之外全是空白……她就那样久久地趴在窗台上，一脸的沉醉。白天里倔强地翘在脑后的马尾辫因刚刚试图睡觉被压歪了，也有点儿毛毛糙糙了。此刻，她当然无须理会这些，只管让自己整个人沐浴在月光中……

夜已经很深了，小女孩的爸爸、妈妈、哥哥的房间都早已经关了门、熄了灯、没有了声响。可是，她还没有入睡——她已经忘记了第二天一早她还要起床去上学，甚至忘记了她还只是个小孩儿，她什么都忘了——那是因为从窗帘的缝隙里跑进来的一束月光，那束淘气的光线不偏不倚恰好落在她的脸上，这让她小小的灵魂莫名其妙就无法安静了……那束光就像一双牵引着她的手，她不能再乖乖地躺在床上了。她从被窝里一骨碌爬起来，轻轻地拉开了窗帘……

那是她从未见过的夜晚，那么“明亮”——是的，那个美丽的夜晚留给她的印象就是这两个字。她从没想到月亮会有那么大的力量，竟然可以把夜晚的世界照耀得那么美丽：近处的田野、稍远的果园、更远处的山峦全都清晰可见，却又和白天的不同——它们像是被笼罩在薄纱般朦胧的东西中，又像是沉浸在干净而柔和的水中，而那层将她眼前的世界变得仿佛梦境般迷人的东西，正是月光。

她又轻轻地推开窗，探出头去，空气是那么清新，她东张西望，渐渐兴奋起来，觉得心间有些莫名的东西想要释放。她跳下床，打开书包，拿出铅笔盒，又从一个秘密的地方取出她最宝贝的浅粉色塑料皮日记本。她重新回到窗前，想记录些什么，可是，她只能写下日期，然后，她就对着窗外月光中的世界发呆了——她还没有能力捕捉那个神奇的夜晚带给她稚嫩心灵的冲击。可是，那正是美留给她最初的印象——那个夜晚的月亮仿佛就是专门为开启她小小的灵魂而照耀的！

那个小女孩就是我。

很多年以后，我才意识到，在我还是一个小孩子时，一到夜晚就兴奋不已的现象已经预示了我未来的人生轨迹——不知是因为我那时恰好拥有那间相对独立而又看得见风景的房间，还是因为我天生就是一只一到晚上就会两眼放光的猫……那些夜晚一直是我小时候的秘密，有关它们，我从未跟小朋友们提起过，我的爸妈更是从无察觉——他们只知道我早上总是起不来床，上课总爱迟到，却不知道晚上的我总不老老实实地睡觉——那时候，那对于我来说真的只能是秘密，否则，我大概就不能继续享有那份作为一个小孩子实在无力保卫的“自由”了。

那是小学三年级以前的事情了。那时候，我们家住在西山脚下，而且我们家所属的那栋楼是家属院最里面的一栋，我的房间窗外的景象就是这样的：院墙外是很大一片麦田，接着是果园，苹果树、桃树、梨树、核桃树、枣树……一直绵延到西山的支脉；窗户右面是一片松柏林——那时在我的眼里，那可是“森林”，是和那些童话书有关的地方。我总幻想着，如果能在那儿碰到王子、七个小矮人，或者即便是巫婆，那以后的故事会是怎样的。左边过了马路就是山，春天的时候山上开满了杏花、桃花、梨花，秋天的时候漫山遍野的红叶混合着金黄色，那些色彩，就像记忆里的童年一样如梦如幻。那座山里结满了我小时候的故事，就像酸枣树上的果实，有酸有甜。记得还有一次暑假时，因为觉得用来浇灌农田的渠水颜色实在诱人，我忍不住想尝一尝，刚捧起来喝了一口，便被一个恰好经过的农民制止了，他说那水里有农药！他吓坏了，说得赶紧带我去找家长，我当然不敢让我爸妈知道这件事，就骗他说我只是洗了洗手……那个农民离开后我真的开始觉得肚子疼了，我以为我会死在那里，就抱着猫静静地躺在草地上等着——那时候，我不认为死是什么大不了的事情，我觉得让爸妈知道我一个人往山上跑才是可怕的！太阳快下山了，我还活着，肚子也不疼了，于是我就回家了——当然，这也是我爸妈很久以后才知道的秘密。

我小时候胆子特别大，喜欢四处乱跑，而且总爱带着我的猫。小时候，我们家陆续养过6只猫。它们的离开，是当时最令我伤心的事情。每天晚饭前，我做完了功课，都会抱着猫到田野或“森林”里玩，在林间和田埂上，我是一只喜欢奔跑的“小梅花鹿”——那时候我爸总是这么叫我。他的灵感来自我小学一年级时参演过的童话剧里的一只老是上红毛狐狸当的小鹿，头上用发卡别着犄角……那时显然也是我的猫一天里最开心的时候，它会像只小狗一样在我周围欢蹦乱跳，时不时还会尾随一只蜻蜓、蝴蝶、小鸟什么的，不见了踪影。只要我一喊它的名字，它就会从某个草丛深处探出灵巧的身影，然后一溜烟地又回到我身边来……太阳快要落下山的时候，天空里耀眼的云霞常常会让我呆住，我甚至听不见妈妈开窗喊我回家吃饭的声音。

不过，你们千万别以为我是个孤僻的孩子——事实上，根本不是那样的。我那时不仅是个野丫头，还是个小红人——不管是和男孩们一起爬树、上墙、玩打仗，还是和女孩们玩跳皮筋、编花篮，我都是绝对的能手。

我说的这些只是我小时候的另一种快乐。

对于我来说，好像从很早开始，我的世界就有两个：白天的世界和夜晚的世界。其区分就像是和小朋友们在一起的世界和我一个人的世界；现实的世界和我心里的世界。直到今天，我也从未打算区分，它们之间我究竟该更在乎哪个。因为，它们就像白天和夜晚的交替，带给我不一样的快乐，自然而然地，也构成我生命的整体。

保护好你内在的小孩

文 | 陈丹燕

你的童年已过去，但它未消失，而是转而活在你心里。每年都有一天，它会提醒你，怕你会忘记它的存在。这一天你再忙，也要去吃一根棒棒糖，穿一天小短裙，和你心里的小孩欢乐相见。

最高兴的是看到你在这一天并不哀悼，而是重拾童年的宁静、宽容和对世界的期待；最高兴的就是你和你内在的小孩相聚的结果，是知道自己长大了、丰富了，而且那个圆脸小孩还好好地住在你心里，发着光。

那是你抵抗成人世界所有污浊的力量——那时，你是一个纯洁勇敢的孩子，一头乱发！

保护好你的内在小孩吧！

每个人心里都藏着“彼得·潘”

文 | 黄伟曼

经过 9 年半的太空穿梭，“新视野号”太空探测器从冥王星近旁呼啸而过。这艘太空船不断传回的清晰图像，让人类终于有机会窥探到冥王星这个遥远天体的完整面貌。

几乎在同一时间，新加坡自然历史博物馆的一组工作人员正与时间拔河。他们的任务是：细心解剖几天前在新加坡近海出现的一头抹香鲸的尸体，力争在这条遗骸长达 10.6 米、至少重 6 吨的巨大哺乳动物的内脏因气体聚集而“爆炸”前，尽快采集它的组织样本并尝试保存完整骨架，还原有关这一濒临绝种的动物的一些真相。

冥王星和抹香鲸，一个是宇宙之谜，另一个是在深海出没的神秘生物，关于它们的消息总是牵动着我的心，“哇，博物馆人员成功取出了抹香鲸的心脏，那心脏竟如一张扶手椅般大小！”“哇，‘新视野号’传回的照片中，冥王星的表面竟然出现了一颗明显的‘爱心’！”

各种未知引发无限遐想，而我，就像个好奇的小孩一样，反复咀嚼着每一条看似有趣的信息。当然，这种“长不大”的性格，也带给了我不少困扰。

在经典童话《小飞侠》里，主角彼得·潘就是一个不愿长大的男孩，因为讨厌成人世界的严肃与复杂，他选择躲在梦幻岛上，特别害怕人们会“抓住他，并且把他变成一个大人”。

探索未知，追求梦想，对各种可能性怀有开放心态的精神，本该是受人赞誉的。诺贝尔物理学奖得主伊西多·拉比说过，物理学家应该是人类中的彼得·潘，他们不愿长大，对所有事物保持好奇。但“彼得·潘”这样的比喻放入另一种现实语境中时，却会被赋予负面的含义。

最近在《纽约客》杂志读到一篇报道，分析日益扩大的“彼得·潘市场”。据说，在欧洲为大人设计的着色簿（绘本）销量逐年看涨，为成年人创办的“儿童夏令营”也吸引了越来越多的人参与，这为商家带来喜讯。心理学家却警告说，“着色簿现象”象征着社会文化的改变，越来越多的大人紧握彩色笔，实际上是在逃避成人世界，不想正视长大的现实。

心理学家丹·凯利把这样的“症状”定义为“彼得·潘症候群”，受此症困扰的人会逃避大多数形式上的责任，喜欢随心所欲，并且过度眷恋少年时代的光阴。社会学家则发现，随着“80后”末段到“90后”的“千禧一代”对成长定义的改变，他们的视野不再局限于追求汽车、房产、婚姻和职业升迁，整个社会结构很可能因此出现重大转变。

摇滚乐团五月天的一首歌唱道：“有没有那么一种永远／永远不改变／拥抱过的美丽都再也不破碎……”唱出的是对青春的眷恋；美国导演韦斯·安德森的电影《月升王国》则让人看到，大人在某些时候比孩子还要懵懂和不知所措。这些音乐和电影给我以慰藉，让我知道，世界上还有其他人与彼得·潘症候群纠缠不清。

或许，当我们进入后资本主义时代，当世界开始更注重创意，“共享经济”成为时髦概念时，社会的新秩序也可能变得对天马行空、拥有“彼得·潘”性格的人更加包容。

《小飞侠》开篇提到，“所有孩子都会长大，除了一个人”，说明作者其实知道，童话只是童话。即便如此，对仍在挣扎着成为大人的孩子们，希望大家还是能够多一点耐心。

你也（曾经）是彼得·潘吗？

大海

文 | 马 良

在我 20 岁那年，学校组织学生去舟山写生，我才第一次真正见到大海。只是那时是在一条船上，从宁波要去一个岛上，结果出海不久就遇到了 12 级台风。船在狂风巨浪里颠簸，同船的渔民都吐了，我也很难受。但想到是第一次出海，也怕是最后一次，便狠狠支撑着，在晕眩中扶着墙走出了船舱。

船舷边一个人都没有，几个同学正和船舱里的渔民一起呕吐，抱着固定住的木长椅，面如死灰。而甲板上的我死死抱着一根柱子，面对狂暴的海浪，顶着夹着大雨的狂风，吐得自己满身都是。天空是黑灰色的，如同被墨汁染了一般压抑、昏暗；大海倒是明亮的，海浪翻起无数白色的泡沫。天空和大海与我想象里的海天之色恰恰是相反的，像是一个终于真相大白的谜题，隆重地给出了让我意想不到的答案。我兴奋极了，心中竟生出些想死的念头，想到自己也许将葬身于这片与我只有一面之缘的大海，仅仅因为眼前这份波澜壮阔的美，我竟丝毫也不觉得害怕。

后来我当然没死，在人世间拖拖拉拉地稍受了些苦，也着实尝了些甘甜，于是自作多情地把大海当成了多时不见便会很想念的熟人，每次去有大海的城市旅行都会兴奋，真的像是要去探望一个老朋友。后来的大海再也没有在我面前展现过第一次见它时的暴躁，一直是温和沉静的样子，好像它和我一样也老成了，不再有那些无法抑制的狂热。后来有两次我还在国外的海边小镇短暂地住过。每天早上起来，或者黄昏时便去无人的海边坐坐。时间久了，会发现每日的大海都稍稍有些不一样，就像终于在最熟悉的人身上看到一些难以察觉的微妙变化。那时我会突然想起正在一天天缓缓老去的亲人，一步步与我渐行渐远。天地之间，一个人面对这无可挽回的消逝，充满了伤悲，而眼前的大海始终还是大海，不动声色。

所以，人是必须要去认识大海的，那是和成长有关的大事情。只有当你有一天面对大海，想起那些想念大海却无缘与它相见的时光，你才会突然发现，大海原来一直在那里。在你没有来的时候，在你面对它的瞬间，在你离开了以后，甚至在我们所有人都消失了之后，大海永远在那里。每每这时，我就会想起一个词：望洋兴叹，这个词必然也是来自某一位和我一般面对大海发出感慨的前人，可惜早已无法考证，在波澜壮阔的大海面前，一切都是逐浪浮沙罢了。

20年前第一次见大海，只一声叹，便送走了许多的岁月。斗转星移，唯有潮来潮往依旧，我生命里所有的东西都早已被暗中偷换，那些曾经拥有的，以为永远不会失去的，如今只留下些音容笑貌，仔细看看手里还存着的一些人物和情感，我渐渐懂得了珍惜，因为也许明天就尽数失散了。少年时候爱读哲学，唯恐自己不够深刻，曾经读而不懂的，如今大海都告诉了我。哲学里最朴素的真理，无非教人要认真地活着。